Dans le souffle des autres

Michel Le Duc

Dans le souffle des autres

Les éditions de la neva

Editeur : les éditions de la neva
40, rue Madeleine Michelis
92200 Neuilly-sur-Seine
www.editionsdelaneva.com

Impression : BOD – Books on Demand — Allemagne

ISBN : 978-2-916830-12-4
Dépôt légal : avril 2019

1ère partie

Une herbe grasse et drue se hérisse sous le fil de la lame, tressaille, puis se couche par rangs entiers. Au rythme d'un métronome, Pépère tranche de la « mangeaille aux lapins ». Moi, je fais l'avion dans le champ. L'extrémité de mes ailes effleure l'herbe haute qui me colle aux jambes et m'empêche de voler. Pépère s'arrête. Il ôte sa casquette, s'essuie le front avec un mouchoir blanc qu'il sort de sa poche. Avant de s'y remettre, il cueille un brin de luzerne dont il fleurit sa bouche, trompant ainsi chaque jour son envie folle de fumer. Le ciel se bétonne. Au loin, le tracteur de Mahuet laboure un champ. Une nuée de mouettes suit la herse, comme la traîne d'une mariée, l'été, en Normandie.

Je passe mes vacances dans le Calvados, à Longues-sur-Mer, petit village au bord des falaises où mes parents possèdent une vieille maison. Trois coups de pédales suffisent pour rallier celle des grands-parents. Ce bourg a vu naître mon père, le père de mon père et, à présent, me regarde grandir. J'ai neuf ans, des épis pleins mes cheveux châtain comme de l'orge et des taches de rousseur sur le nez. De l'avis général, mes yeux d'un bleu profond sont aussi transparents que ceux de grand-père. Je me gonfle d'orgueil lorsqu'on nous en fait la remarque, mais ma main portée par l'admiration que je lui voue, déjà prête à prendre la sienne, retombe, amère, glacée par son indifférence.

— J'peux t'aider Pépère ? dis-je en bondissant vers lui.

— Attention ! Bon dieu, d'bon dieu !... T'vas t'couper. Arrête-toi donc !

Il me crie constamment dessus, jamais ne me parle. Son verbe sauvage m'irrite souvent les yeux.

— T'frais mieux d'la ramasser, sacré bon dieu !

Le manche sur lequel je m'échine, ratisse une herbe bien lourde et fait deux fois ma taille. Je renifle, mes yeux débordent. J'efface mes larmes, feignant d'enlever quelques brins d'herbe collés sur ma joue. Derrière moi, Pépère charge les premiers sacs dans la 4L. Je le déteste. Jamais content de mon labeur. Et quand je fais bien, il ne dit rien. Pas un geste d'affection, pas un encouragement. Il m'ignore, voilà tout. Je dois le déranger. Pourtant, il ne refuse jamais de m'emmener et se contente de sourire dès que je monte dans la voiture. Ça vaut tous les mots du cœur.

Certains me jugent colérique, turbulent, trop gâté, pour d'autres pas assez serré. Autant de filets éducatifs que l'on me signifie du regard au cours des repas de famille. Je les évite en plongeant la tête dans mon assiette. Papa prend souvent ma défense. Je me fiche de mon image, sauf si l'on demande l'avis de Pépère. La tête dans les nuages et le nez dans la soupe, il fait mine de ne pas entendre, mais moi, je sais bien qu'il entend ce qu'il veut.

Le capot du coffre claque, rempli de sacs. Pépère m'appelle en contemplant la mer. La bruine fait transpirer la terre et dépose son voile gris sur la campagne. Il me demande ce que je ressens. Je ne vois que des rideaux de perles se décrocher du ciel, goutter sur mes cheveux et couler dans mes yeux. Je suis mouillé.

— Pars t'abriter, tu vas attraper froid.

Je cours vers la voiture, lui ne bouge pas. À travers le pare-brise dégoulinant, je le regarde s'accroupir, saisir quelque chose qu'il porte à son visage, se redresser, puis s'éloigner sans se retourner en s'enfonçant dans le champ. Je m'apprête à l'appeler lorsque son spectre rayé de pluie se dissout. La terre l'aurait-elle avalé d'un coup ? Ou bien la falaise ? L'ombre du ciel teinte en noir l'encre de la mer. La pluie mitraille le toit de la voiture, le vent siffle, s'infiltre comme un serpent, ses bourrasques sinueuses cherchent à me retourner. J'ai peur et froid dans mon tee-shirt humide que ma chair de poule ne réchauffe guère. Mon regard s'agrippe aux arbres mourants, leurs branches faméliques s'agitent et voudraient m'engloutir. Je me cache de l'horreur en me protégeant le visage, prêt à hurler. Au loin, la silhouette rassurante de Pépère réapparaît. Jetant son brin de luzerne, il récupère le râteau que j'ai oublié et monte dans la voiture. Un mince filet d'eau dégouline de sa casquette. Il semble radieux. Une algue verte vibre dans le bleu de ses yeux. Mes pieds s'agitent sans toucher le sol. On va s'en aller, on va quitter l'endroit damné.

Raide comme un « i », j'épie chaque manœuvre de Pépère, passant du pédalier au volant, je m'ébahis sur le levier qu'il tire, pousse pour nous donner de la vitesse. Sa 4L nous rend libres. En copilote, je signale le moindre obstacle. « Quat' yeux valent mieux qu'deux » me répète-t-il souvent. Je sais que sa vue baisse, papa me l'a dit. La dernière fois, une vache à Briaud s'est plantée en plein milieu de la chaussée. Avec Pépère, on l'a fait rentrer dans l'enclos à coups de klaxon.

Sa main vibrante meurt sur le pommeau de vitesse, grosse, déformée, recouverte d'une peau écaillée, avec des taches jaunes et brunes. La mienne posée dessus paraît toute rose et si petite. Son bras se durcit, sa nuque se raidit, Pépère se regarde dans le rétroviseur. Une joie que sa physionomie échafaudait s'écroule soudain. Le temps creuse des sillons si profonds que sa peau, molle par endroits, les recouvre. Son œil résiste à une coulée de chair que sa paupière refoule.

— Enlève ta main d'là, me dit-il.

Pépère a quatre-vingt-cinq ans, des cheveux blancs épais, brillants. Quand il les coiffe en arrière, deux ailes au reflet bleu couvrent sa nuque. La casquette cache une calvitie qui lui va bien. Il a le visage doux, rond, une bouche fine soudée par une fraise au nez.

On arrive au carrefour le plus dangereux du village. La route tombe brutalement dedans, oblige Pépère à tirer à fond sur le frein à main. L'arrière dérape un peu. Il me demande s'il peut y aller. Au top, le moteur rugit, l'embrayage couine comme un chien à qui on botte le train. Il braque tout à gauche et finit après quelques soubresauts par passer la deuxième. Le danger écarté, on respire.

La demeure de mes grands-parents se trouve au fond d'une impasse étroite cachée par deux maisons bordant la route : une maisonnette sombre, sans valeur, entourée de hauts murs puissants, étouffants aussi. Bobby aboie dès qu'on franchit la grille. Ce petit fox-terrier sautille en l'air comme un ballon, retenu à sa niche par une chaîne. Il s'envole, s'étrangle de plaisir en me voyant courir vers lui. Cette boule de tendresse au poil puant me lèche les mains en remuant sa petite queue. J'avance avec prudence car les crottes roulées dans la poussière se confondent aux pierres, et l'odeur de merde semble supportable, comparée à celle du cabanon à mouches au fond du jardin. Les toilettes de la maison se noient dans les orties. Un seul robinet d'eau froide alimente le foyer. Il n'existe ni salle de bain, ni douche, ni même un salon.

Dans l'unique pièce où tourne la vie, Mémère pétrit une pâte qu'elle jette au fond d'un moule, flanquée de quatre abricots. Papa dit qu'elle est sale. Pour moi, Mémère, c'est une robe bleu foncé sous un tablier gris, montée sur des sabots marron. Quand il rentre, Pépère accroche toujours sa casquette sur une patère près de l'entrée, au pied de laquelle les bottes s'échangent aux chaussons. Son transat recouvert d'un napperon diapré grince quand il s'y assied. À côté de lui, un poêle à mazout réchauffe la demeure en hiver et de l'autre côté, un grand lit placé dans l'angle du mur meuble la pièce. Mes parents boivent le café en regardant la télé hissée en haut d'un vaisselier en formica bleu. Mémère souhaite savoir si nous restons dîner, tandis que je demande à papa ce que veut dire « ressens ».

— Ressentir, me dit-il, en montrant mon sternum, désigne une sensation qui naît à l'intérieur de soi.

Fort de cette définition, je m'en vais donc dehors ressentir le jardin. J'emprunte un sentier bordé de ciboulette, de thym, de romarin, en imaginant que mon intérieur ressemble à une grotte d'où surgirait, entre les stalactites une source lumineuse aux reflets d'or. Rien ne se passe. Je m'arrête cependant devant le persil faisant face à la cave. Là, me vient une idée : si je veux ressentir comme Pépère, il me faut boire comme lui. Cela me semble évident. Bravant l'interdit, j'entre.

Noyé dans une ombre humide chargée d'une odeur de vinaigre à la sciure de bois, un énorme tonneau exhibe son robinet dans un rai de lumière. Je m'agenouille, place ma bouche dessous et l'ouvre en fermant les yeux. Le cidre au goût âcre laisse ma langue toute râpeuse. Écœurant ! Mes parents ont raison. L'alcool n'est pas bon pour les enfants. Mais alors que je m'apprête à sortir, l'élixir produit tout son effet. L'aigreur se dissout, chaque bulle libère en son cœur la saveur d'une pomme. L'envie irrésistible de croquer dedans m'incite à y retourner. J'en prends une bonne lampée, puis une autre et encore une, pensant que la quantité ingérée prolongera sa durée.

L'estomac rempli de pommes liquides, je me sens gai comme Pépère, convaincu de l'action bénéfique de la potion. Pourtant, en me dirigeant vers le potager, mes jambes se dérobent. Je vacille maintenant. Impossible de fixer mon attention sur le moindre légume. Tout se mélange dans ma tête. J'ai beau cligner des yeux, l'image floue du jardin ressemble à une ratatouille flottant dans un bocal à poisson. Je rote, titube au gré d'une eau basculant dans ma tête si lourde que je ne peux la maintenir droite. Mon bras tendu vers une tomate insaisissable me fait perdre l'équilibre. Je me retrouve le nez dans les courgettes, incapable de me relever. La terre roule sous mes mains. Je me traîne comme un ver jusqu'au laurier pour me cacher. J'imagine la pantomime de mère ameutant tout le monde... J'ai envie de vomir.

Les aboiements de Boby me font sursauter. J'ai dû m'assoupir ! Le potager ne tourne plus, mais en me relevant, j'ai la tête en compote. Le chien jappe, sautille, bave lorsque, ouvrant un des clapiers, Pépère saisit un lapin qu'il sort par les oreilles. Là où je suis, il ne peut pas me voir. Le pauvre lapin déchire l'air de ses pattes arrière. Boby l'aurait croqué au vol s'il n'avait pas fini au bout d'une corde. Pendu à la porte du poulailler, le dîner s'étouffe sans bouger. Les poules se taisent. Même Boby marque l'arrêt. À peine Pépère tourne-t-il les talons que je me précipite au secours du lapin. Blotti dans mes bras, il respire encore, la tête enfouie dans mon coude pendant que je le caresse.

Ce que je viens de faire est absurde. Pire que tout, je me fais moi-même bourreau ! Car pour ne pas me faire pincer par Pépère, il me faudra le pendre ! Quelle tragédie ! Je me sens si mal avec ce lapin. Mon impuissance n'a d'égale que la pusillanimité dont je fais preuve. Je pourrais le libérer, certes, mais je ne me vois pas essuyer les foudres de maman, et les coups de tonnerre de Pépère. D'autant que je l'ai déjà fait ! Un jour, il m'a pris d'ouvrir tous les clapiers comme on ouvre la cage aux oiseaux. Pépère s'est fâché avec papa et nous a fermé sa porte pendant six mois.

— Il n'a pas encore crevé ? dit Pépère qui, armé d'un bâton, tourne la bête à l'envers pour le frapper derrière les oreilles. L'animal se raidit. Le second coup ramollit le lapin aussi sec. Un bruit de cartilage me retourne l'estomac. Je vomis dans les marguerites.

— Ah ! Ces p'tits gars de la ville, j'te jure, ajoute-t-il, en ôtant la ficelle.

Mémère arrive tenant une bassine verte d'une main et de l'autre, un couteau. Elle ramasse le lapin mou, et tandis que Pépère rentre dans la maison, elle va s'asseoir sur une chaise blanche, près d'un

16

rosier grimpant. La bassine calée entre les jambes, le lapin au-dessus, elle l'ouvre tout du long avec le couteau. Des tuyaux de sang tombent dans le récipient. J'expulse l'ultime gorgée de cidre me restant sur le ventre. Mémère sourit en lui retournant la peau, elle le déshabille par les pattes arrière avant de remonter sur la tête. La peau colle à la chair comme un adhésif. Tiens ! Les oreilles, la truffe viennent avec ! Sans manteau il ne ressemble plus à rien, ce lapin. Mémère me demande si je vais bien. Je lui réponds que la vue du sang me fait cet effet. Le cidre et ce lapin cru aux yeux exorbités doivent y être pour quelque chose, je pense. Avant de retourner à la cuisine, Mémère distribue à chacun sa part : aux poules les abats, à Boby la fourrure qu'il tanne langoureusement.

Le dîner se passe. Incapable d'avaler le moindre morceau. Mes parents se demandent si je ne couve pas quelque chose. L'arrivée de la tarte sur la table les rassure. J'en prends trois fois.

2

Ce matin, les peupliers blancs resplendissent comme des torches au soleil. L'azur s'enchante de pépiements qu'un énorme tracteur pollue en passant. J'attrape mon vélo par les cornes. Un vélo de course jaune. Un Peugeot d'occasion que papa m'a acheté, avec trois vitesses. Mais pour qu'il aille plus vite, j'ai mis un moteur à l'arrière, un bout de carton rigide que je fixe sous la dynamo avec une pince à linge pour qu'à chaque coup de pédale je l'entende vrombir. Ça tape, claque, pète comme une mobylette, et dans la longue descente qui va vers la mer, le « vroum » continu transforme mon vélo en moto. Je fonce comme une balle dans l'ombre givrante d'un tunnel végétal. Une lumière stroboscopique suit ma course au travers des branchages. J'en sors le visage rafraîchi, le cheveu ébouriffé. Pour ne pas finir dans le décor, je freine à mort. Le guidon tremble. Le cri aigu des patins sur les jantes vibre gravement sur les câbles tendus. Je m'arrête pile. Mes yeux coulent. Personne à l'horizon. Je marche sur un tapis roulant dont la pente m'entraîne sur un rivage de galets. Le bruit, comme des applaudissements, résonne sur des falaises abruptes. Immuable, le rideau géant qui jamais ne se lève s'écroule par morceaux que la mer dévore. Aujourd'hui, calme, plate elle semble vouloir déborder d'un coup. Elle luit comme une plaque d'acier sur laquelle rien ne glisse. Je lance des petits galets pour les faire ricocher. La mer les absorbe sans rebond.

Je me sens triste. Si seul et si triste que mon regard se perd dans cet amas de pierres. Je revois pourtant papa m'expliquer qu'il faut choisir un caillou rond, plat, bien se pencher, bien le lancer en le faisant tournicoter. Je n'y arrive pas, je force, m'énerve et ça me fait mal au bras. La brume monte, voile le ciel. Je continue mes lancers sans succès. Je prends n'importe quelle pierre maintenant, je les jette même par poignées. Un brouillard blanchâtre épaissit l'atmosphère. Sur mon visage rougi de colère des caresses d'embruns m'apaisent. Je ferme les yeux en léchant ces fines gouttelettes salées. Surpris par la chaleur dégagée par un galet au creux de ma main, j'ouvre les yeux, je visualise le mouvement. D'un geste fluide, je le lance. Il ricoche une..., deux..., trois..., quatre..., cinq fois sur la mer puis disparaît. Je me retourne. Personne. Une chose miraculeuse vient de se produire dont je suis le seul témoin. C'est terrible ! Ça vient de la pierre ! J'en suis sûr ! Une force incroyable a parcouru mon bras en douceur, m'a transporté. J'en cherche d'autres mais chacun se meurt sans le moindre rebond. Qui va me croire ? Papa répondra « oui, oui » pour ne pas me contrarier, maman n'en comprendra pas l'importance. Je démonte le moteur du vélo qui va me ralentir dans la côte, le mets dans ma poche en me disant que cette expérience y restera aussi.

Ce midi, maman nous fait des frites, avec de la viande hachée. Elle pose un œuf sur la mienne. Difficile d'interrompre papa pour lui faire part de cette aventure. Il me parle de Mahuet en rompant le pain. Il l'a rencontré chez le boucher, monsieur Pouillard. Un petit bonhomme rond, le père Pouillard, au visage couperosé, sans cheveu, avec une dent noire. Sa femme, ridée, bouclée, aux lunettes comme des fenêtres, ne rit que lorsqu'on passe à la caisse. Un courant froid gèle la boutique lorsque claquent le frigo et la viande sur le billot. La langue du père Pouillard dépèce chaque client. Avec souplesse et dextérité, il dégraisse sa pièce comme il charcute les gens. Les potins vont bon train dans le magasin.

Papa me demande si je veux aller avec Pépère botteler la paille chez les Mahuet. Ils possèdent une immense ferme, deux gros tracteurs et plein d'autres machines sous un hangar. La fourchette pleine d'œuf, de steak, de frites piquées au passage, je me farcis les joues pour vider mon assiette. Mon enthousiasme fait rire papa. Il se reprend quand maman nous rejoint.

— Tu sortiras de table quand tu auras fini, me dit-elle.

Je filerais bien aux toilettes, mais elle va me demander de finir ce que j'ai dans la bouche. Je mâche ; Papa me regarde.

— À ton âge, me dit-il, nous vivions aussi dans une ferme, tu sais, celle des Briaud ! Cette ferme était à nous, eh oui !

Et se mirant en moi, le reflet de sa jeunesse témoigne du passé. Pépère était riche à l'époque. Il possédait quatre-vingts bêtes, des terres partout. Les cultivateurs venaient le voir pour prendre conseil, la cheminée brûlait dans la ferme avec l'odeur d'un café fumant sur le poêle. La voix de papa tremble. J'entends couler l'amour. Jamais mots n'ont été plus beaux, plus purs que ceux de mon père pour décrire le sien. J'en suis jaloux.

Soudain, un spasme d'une rare violence me foudroie la poitrine. Une décharge électrique, un coup de poing, une chose sortie de moi, invisible, extensible, je ne sais pas, comme un élastique tendu qui me serait revenu en plein cœur. Sauf que là, ce n'est pas le cœur, papa me l'a dit, il s'agit du sternum ! La douleur me coupe le souffle. Papa continue de parler.

Un rêve ! Je rêve éveillé ! Des images transparentes défilent devant mes yeux : un fantôme que je poursuis dans un dédale de couloirs interminables. Il porte une peau de bête sur le dos et me fuit. Chaque fois que je la lui arrache, une nouvelle repousse aussitôt. Je ne tire pas assez fort pour voir son visage. Il se cache. Je le connais... Je le connais... j'en suis sûr ! Je le cherche sans me perdre. Il me fait face !... Je le bloque... Pépère ! C'est toi ? Il décolle la peau de son visage sous

21

laquelle la tête crue d'un lapin aux yeux exorbités me crie : « cesse de m'appeler Pépère ! Je ne suis pas ton grand-père ! ». La fourrure de son dos tombe comme un masque.

... la fièvre aphteuse, poursuit papa... ce virus a décimé le troupeau et ruiné notre vie. J'ai dû quitter l'école pour aller au champ... Regarde mes mains ; tu vois ces marques... Ce sont les engelures de l'hiver ;

— Et ton dessert ? insiste maman.

Je n'en veux pas. Je sors pour fuir ces menteurs du silence. Papa, maman, tout le monde savait, sauf moi ! Un goût amer envahit ma bouche, ma langue sèche et rugueuse. Plein de colère, je grimpe sur mon vélo. Je mouline à toute vitesse pour aller chez Pépère. L'air me manque. Mes jambes s'ankylosent sur un pédalier qui ne veut plus tourner. J'étouffe. Je m'arrête, je reprends mon souffle, un point de côté au ventre, une boule chaude sous le cœur.

Il m'attend déjà dans la 4L. Je laisse mon vélo contre le mur de la maison et je monte dans la voiture. Je ne l'embrasse pas. C'est la première fois, que je fais ça. Il s'étonne. Je fixe la route. Nous partons au champ. Je scrute son oreille, sa mâchoire, je cherche même sous le menton le défaut qui le trahira. Quel visage a-t-il ? C'est terrible de sentir à côté de soi un étranger, d'imaginer qu'il porte un masque, et qu'ailleurs, un grand-père vit sans savoir que j'existe. Je fais coulisser la fenêtre. L'odeur du foin me gêne. Tout me semble étrange d'un coup, je me sens loin de tout, des champs, du village, de ces maisons familières bordant la route.

— R'gard'onc un peu la route ! me dit-il.

On passe devant la ferme des Briaud. Je lui demande de m'en parler. C'est la première fois que je l'appelle « grand-père ». La voiture fait une embardée, comme si on manquait d'essence, puis repart. Pépère se durcit.

— Le passé est enterré, me dit-il sans quitter la route de l'œil.

Ca recommence... avec la même violence... On file sur la route et je vois Pépère marcher dans la campagne. Il est jeune, blond, moustachu. Il tient à la main un bâton et se dirige vers un homme qui l'attend près des falaises. Il se jette sur Pépère qui le frappe à la tête. Ils tombent, roulent sur l'herbe et, en se relevant, l'homme perd l'équilibre et bascule dans le vide.

— Tu l'as tué ? lui demandé-je.

Pépère freine brutalement.

— De quoi tu parles ? dit-il en me secouant par les épaules. Ses yeux pleins de détresse remplissent les miens d'effroi.

— Tu l'as tué, alors ?

— Qui t'a raconté ça ? Hein, qui ? Personne sait... C'tait un accident ! UN ACCIDENT ! J'tais jeune et j'pouvais pas avoir d'enfant, tu vois. Alors quand ta grand-mère est tombée enceinte, j'savais que c'n'était pas d'moi. Elle m'a avoué et puis... J'ai tué ton grand-père.

— Pépère, c'était un accident ! lui dis-je en pleurant.

— Comment diable peux-tu savoir ça ?

— Je ne sais pas ! Je ne sais pas, Pépère ! Ça me fait peur, dis-je en me jetant dans ses bras.

— On partage alors un secret tous les deux ! Personne, tu entends, personne n'doit savoir. Y a qu'toi et moi, tu comprends, toi et moi.

— T'as pas de masque, alors ? dis-je en reniflant.

— Plus maintenant, répond-il en riant.

3

Pépère rejoint Mahuet dans un champ. Il a fini de botteler la paille. Moi j'hésite. Les tiges coupées se dressent comme des épines sur la terre. On dirait celles d'un hérisson. Leurs pointes cèdent sous mon poids sans me transpercer le pied. D'autres, en revanche, griffent mes chaussettes et menacent mes chevilles. Je m'approche de Pépère qui parle de la récolte et Mahuet de la saison. Il l'aime bien, Pépère. Je crois même qu'il le considère un peu comme son fils. Il voulait tant que papa devienne fermier !

Le père Mahuet parait gêné en me voyant. La bouche pincée, c'est tout juste s'il me dit bonjour. Il n'aime pas les Parigots. Ça me fait mal de voir Pépère rire, lui tapoter l'épaule, alors qu'il ne le fait pas à papa. La terre lie les hommes, le béton les déchire.

On doit mettre les ballots de paille deux par deux et former un toit. C'est idiot. Le tracteur démarre. Sortie de l'échappement, une fumée noire, grise, s'évapore dans le bleu du ciel. Ébloui par un reflet de soleil sur la cabine, je regarde partir Mahuet. J'adore les tracteurs. C'est gros, beau, lent, et si puissant, un tracteur ! La dernière fois, le père

Briaud m'a laissé conduire le sien. Un volant grand comme une roue de vélo, en plastique noir, brillant tremblait dans mes mains. Je le tenais ferme. Briaud touchait aux pédales et on tournait dans le champ comme je voulais. De là-haut, on domine tout, on écrase tout dans un tracteur. Jamais le père Mahuet n'a voulu que je monte dans le sien. Il trouve ça trop dangereux. Cet homme est triste. Pépère refait mes toits. Il m'explique, en lissant la paille, le sens que doit prendre chaque ballot. Il prend ma main pour me le faire sentir, ça chatouille.

— L'eau doit glisser d'sus, sinon ça pourrit, comprends-tu ?

Puis, intrigué, il me demande ce que j'ai vu dans la voiture.

— Je ne sais pas, c'est venu tout seul, Pépère, comme un rêve ! Difficile de décrire un rêve ! Mais avant, ça fait mal là.

Et je lui montre mon sternum.

On se met à deux pour faire les toits. Chacun prend son ballot. Je fais juste que les relever en trouvant le bon sens. Soudain, Pépère parle de la mère de Mémère. Je ne l'ai pas connue, et pour cause. Elle est morte quand Mémère avait neuf ans.

— Ton âge, s'interrompt-il, pensif.

En s'éloignant, il me dit d'une voix forte qu'elle était guérisseuse. Mais pas seulement. Traînant par la ficelle un ballot qui lui coupe la main, il revient vers moi et me dit à mi-voix :

— Elle aussi voyait des choses chez les gens, tu sais...Voyante le jour, sorcière la nuit, on l'admirait comme on la craignait au village.

Maintenant, j'ai peur. Pourquoi me parle-t-il d'elle ?

— Un matin, poursuit-il, on l'a r'trouvée brûlée dans l'lit ! Le juge est venu avec les gendarmes et pleins d'experts. Rien d'aut' qu'elle n'avait brûlé dans la maison, rien d'aut... C'que j'veux dire, fiston, c'est qu'y a des choses dans la vie qu'on ne dit pas parce qu'elles ne s'expliquent pas. Comprends-tu, bon dieu ? Comment que j'vais t'dire. Un s'cret, c'est sacré.

— J'sais pas.

J'ai froid dans le dos. Pépère va chercher sa veste. Trop de choses sont dites, la plupart m'échappent.

4

Tous alignés, les ballots de paille ressemblent de loin à un château de cartes inachevé. Le champ se rétrécit à mesure qu'on s'en éloigne. Nous allons chez les Mahuet prendre une collation. Leur ferme se trouve dans un bourg jumelé au nôtre. Les plus gros exploitants sont là-bas, les tracteurs aussi. Maisons et fermes tournent le dos à la mer, à la terre et au vent. Enroulés ainsi, leurs toits ardoisés ressemblent à un serpent gris au milieu, surmonté de la tête sombre d'un clocher, dressé, vigilant. Son œil noir fixe la route qui nous y amène. Pas de boulanger ni de boucher dans ce village. Pépère ralentit et s'arrête près du cimetière. Il me demande de l'accompagner. Je descends de la voiture. Derrière un muret, des tombes grises s'enfoncent. Des croix de bois plantées sans nom cloquent le sol de poches putrides sur lesquelles on évite de marcher. Ici, les morts sont abandonnés. Des barrières rouillées, rongées par le lierre masquent les pierres tombales. Des roses en plastique fanent dans les jardinières. Au milieu des allées où seule pousse la mauvaise herbe, je marche derrière Pépère. Et sans rien dire, il se recueille devant l'une d'elles. Comme lui, je joins les mains. Comme lui, j'incline la tête. Deux hirondelles en porcelaine ornent une pierre gravée au nom de Le Gallu

François 1896-1926. Pépère me tend sa main froide que la mienne réchauffe. Je comprends et je l'aime plus qu'avant. Il me la serre parce que maintenant je me sens aussi léger que lui. Une chose en nous s'élève, me perce le cœur, inonde mon corps, nourrit mon âme. Mes yeux brûlent de larmes chaudes, lourdes, généreuses que sa veste absorbe. Je me colle à lui, si près, si fort que je sens rouler sa peau sur ses os à travers ses vêtements. Ses bras, cependant, ne se referment pas. Je voudrais lui dire que l'amour s'échappe lorsqu'il n'est pas étreint, mais je ne sais pas comment. Une moissonneuse entre au village, on quitte le cimetière. Personne ne doit savoir, pas même papa, me dis-je en arrivant chez Mahuet.

5

J'ai du mal à mordre dans cette tartine beurrée coupée dans la miche. La croûte est dure et la mie trop molle vient avec. J'en ai plein la bouche. Nous sommes assis autour de la table de la cuisine. Le père Mahuet s'en recoupe une tranche. Son fils, assis en face, dos à la fenêtre, a seize ans. C'est un grand. Il porte un bleu de travail avec des bottes en caoutchouc montant jusqu'aux genoux. Son visage émacié est couvert d'une poudre qui ressemble au fond de teint de maman. Il en a dans les cheveux aussi. Plongé dans un bol, il en ressort vieilli. Son duvet nappé de chocolat ne fait sourire que moi. Le temps paraît bien long lorsque chacun se parle à lui-même. Et dans un tic tac résonnant, Pépère boit du cidre. Le verre ambré me donne des nausées.

Près de l'évier, la mère Mahuet, les cheveux pris dans un fichu, jette un œil sur la table en épluchant des légumes avec sa fille. Elle doit avoir douze ans, sa fille ; des cheveux longs châtain et un regard brillant qui me sourit à la dérobée. Enfin, je crois. Alors je tire la langue pour la distraire mais elle se détourne. Elle ne veut pas qu'on joue. Non ! Elle ne DOIT pas jouer !

Ça recommence ! Je vois une lumière, une torche qu'elle tient dans la main, en chemise de nuit et dans son lit. Dans un halo de lumière, je la sens libre. Elle lit pour s'évader, s'instruit pour exister.

Le fils Mahuet se lève. S'étirant comme un chat, il essuie sa moustache d'un revers de manche puis s'en va. Nous partons aussi. Je dis merci à la mère Mahuet qui débarrasse la table sans répondre. Elle non plus n'aime pas les Parigots. Je tire de nouveau la langue à sa fille avant de franchir la porte. Elle rit.

Pépère attend que nous soyons dans la voiture pour m'en faire la remarque. Il dit que ce n'est pas bien de se moquer des autres et impoli. Je ne me moque pas. Elle paraissait si triste !

Et comme nous roulons, il ajoute :

— Une fille qui n'aide pas au champ travaille à la ferme. C'est comme ça, que veux-tu ! T'es d'la ville, toi ! T'peux pas comprendre ces choses-là.

À travers la vitre, des sillons spiralés sur une terre labourée m'égarent. Mon regard déraille sur un mur. Nous entrons au village. Pépère s'arrête à côté de mon vélo. Je m'apprête à partir lorsqu'il me rappelle et me dit qu'il passera me chercher demain pour aller au marché. Des ailes me poussent aux chevilles, je ne me sens plus pédaler. Béat, je me vois déjà demain au café de la place : Pépère commande un café calva et une menthe à l'eau pour moi. J'escalade un grand tabouret pour atteindre le sommet du comptoir. Des poignées de mains s'échangent, certaines s'essuient sur ma tête. Pépère me donne une pièce pour faire tourner la machine à cacahuètes posée près de la pompe à bière. Après, on sort, on piétine, on suit une foule hélée par les commerçants. Chaque stand, chaque minichapiteau resplendit d'un soleil différent. L'odeur des fleurs m'emporte, un remugle de poissons glacés me crispe. Et derrière l'arôme du chocolat coule un relent de sang. Vient enfin la plus merveilleuse et étourdissante de toutes les allées ; de chaque côté, poussins, canards et lapins s'affolent dans les boîtes en carton. Des bras soupèsent des poulets qui volent la crête à l'envers. Leurs plumes s'élèvent sous le cri des perruches suspendues haut dans des cages.

Une odeur de merde chaude monte au nez. D'un coup de guidon, j'évite des bouses fraîches éparpillées sur la route. En comptant demain, pour la deuxième fois, Pépère m'emmène au marché. Radieux, je m'écrase contre la grille de la maison. Elle est fermée à clé. Pas de DS garée dans la cour, mes parents sont partis faire des courses. Les frères Pirel passent en vélo et font demi-tour en me voyant. Ces jumeaux de mon âge se ressemblent comme deux gouttes d'eau. Seul, un grain de beauté sur la joue droite distingue Jean-Yves de Jean-Pierre. Ils m'invitent à construire une cabane dans les arbres.

Sur un arbre perché, je ne sais plus m'arrêter ! Il me faut le grimper, m'élever plus haut pour voir plus loin, par delà le village et les champs alentours. Pour Pépère, ils incarnent les bras musclés de la terre caressant le ciel. On se sent si bien en haut ! Les copains préfèrent se clouer aux branches plutôt que de les escalader. Ils ne peuvent pas comprendre. C'est compliqué car, à force, on finit par être seul. Mes parents s'inquiètent. Alors, je dois m'adapter, les mimer, rire de leurs vannes, en trouver de plus vaseuses, jouer à la guerre même. Parfois, je perds tout de suite tellement ça m'agace. Je retourne dans mon coin. Il n'y a que là que je me sente bien, maître de tout, libre de tout imaginer.

Sous les quolibets des frères Pirel, mes parents arrivent. Maman ouvre la barrière tandis que je m'engouffre derrière la DS. L'idée qu'elle ait pu m'acheter un cadeau m'enthousiasme chaque fois. Sans desserrer les dents, papa file chausser ses bottes dans le cabanon et muni d'une fourche, se rend au jardin. Maman retire les sacs du coffre sans les fouiller. Pas de surprise aujourd'hui.

À travers le grillage qui nous sépare des voisins, je vois Paul qui a seize ans, charger des épuisettes sur sa mobylette. Leur filet goutte devant le phare, les manches en bois dépassent du siège. Il me fait signe de la main, les miennes sont prises, je hoche la tête.

— Va avec lui, si tu veux ! On dînera tard ce soir, me dit maman.

Je lâche les sacs, saute sur mon vélo en l'interpellant. Le haut noir de son casque émergeant de la haie rebrousse chemin.

L'aiguille du compteur tremble sur les cinquante-cinq kilomètres-heure. Accroché à son épaule, j'en pleure, sans pédaler, étourdi par l'odeur d'essence et le bruit d'échappement percé. Je ne vois plus la campagne s'assombrir, les nuages poudrés d'or et la mer scintiller comme du verre pilé. En enchaînant mon vélo à sa mobylette je me dis qu'un jour, moi aussi, j'en aurai une.

Il me tend une épuisette et un petit panier de pêche. Filet au fusil, je le suis. Paul saute avec l'agilité du cabri, choisissant les rochers les plus gros, les plus stables pour rejoindre le banc de sable. Je manque de tomber à plusieurs reprises. La marée basse découvre une immense toile cirée faite d'algues noires et de lambeaux en caoutchouc gluants. Elle couvre un terrain miné sous lequel la roche lépreuse tranche mes mains comme un rasoir, cache des crevasses pleines d'eau qui explosent sous mes pieds. L'armée en déroute regarde son chef s'impatienter. Il est temps d'approvisionner. Des moules broyées, des crabes décarcassés trouvés sous le rocher servent d'appâts. Nous les recherchons et je l'entends m'informer du fait que « la crevette se pêche comme la craquette » :

— Une amorce, un bon coup de poignet et l'affaire est dans le panier.

Il allume une cigarette et poursuit, inspiré :

— Les filles t'enflamment d'un regard, tu sais ! Elles te font tourner la tête.

Son œil globuleux, chargé de tristesse, semble vouloir sortir de l'orbite pour s'échouer dans la mer.

Un pincement soudain au sternum fait surgir une image. Voilà que ça recommence !

Sa mère, dans la salle à manger fait une pantomime à son père. Les seuls mots qui résonnent dans mon esprit sont ceux que Paul, petit, en pyjama, caché derrière la porte, entend depuis sa chambre :

— T'es bien aussi con et moche que ton fils, toi...
Comme la gifle qu'elle reçoit, l'image claque devant mes yeux.

— Dans le village, y a pas de filles. Elles sont à la ville, moi je travaille. T'as de la chance, toi, d'être à Paris.

Les mots s'enfument dans sa bouche, ressortent par le nez. Je donnerais cher pour en souffler.

— Si je devais réaliser un vœu dans ma vie, tu vois, je demanderais à changer de visage. À commencer par les yeux. Je les aurais bleus et sans lunettes, une bouche mieux faite, des cheveux blonds plus épais que ceux-là, dit-il en tirant dessus.

Il oublie le tartre sur ses dents. Mais comme, de plus, il se trouve gros, je n'insiste pas. Il me tend sa cigarette.

— Vas-y ! Prends une bouffée ! Ça va pas te tuer !

J'hésite. L'envie me brûle les doigts.

— Allez ! Tire donc une taffe.

— Tu ne diras rien à mes parents, alors...?

— T'inquiète !

J'aspire sur le filtre et l'extrémité incandescente se rapproche de mes doigts.

— Non ! Là t'as crapoté. Tu dois avaler la fumée comme si tu respirais. Vas-y !

— C'est dégueulasse, fis-je en lui rendant son clope.

— On s'y fait, en plus, ça plaît aux filles.

6

Je rentre avec six crevettes dans le panier.
Maman les plonge vivantes dans une casserole d'eau
bouillante. Cuites, elles semblent plus petites, rosies
de tous côtés, ternes, les yeux blanchis et les
antennes cramoisies. Papa les déguste avec une
bière. Il suce chaque tête décapitée, avale ce bout de
chair décortiqué. Je me régale de le voir ainsi se
lécher les doigts. J'en oublie le temps passé pour les
attraper. La prochaine fois, c'est sûr, j'en ramènerai
plus que Paul qui prétendait qu'aujourd'hui, la
marée n'était pas bien forte. Mais sa bourriche
pleine pendait sur son ventre, comme une femme
prête à accoucher. Je vais trop vite en retirant
l'épuisette. Je fais fuir le bouquet, selon lui, en
crochetant sous le rocher. Paul a raison.

Avant de passer à table, une surprise surgit
derrière mon dos. Maman pose une boîte
Majorette contenant la CM de chez Citroën, beige,
métallisée, avec un intérieur blanc. Mon cadeau !
Un jouet qui fait rêver papa.

— Je te la donne, mais tu ne joues pas avec ! dit
maman.

On dîne devant la télé et comme chaque soir, on suit l'émission « Des chiffres et des lettres ». Le nom de Le Gallu frappe mon esprit lorsque les consonnes et les voyelles s'affichent sur l'écran.

— Il faut manger chaud. Le poisson, c'est bon pour la mémoire, insiste maman.

Si l'inverse se produisait, j'aurais déjà fini l'assiette. Car il m'en faudrait manger des tonnes pour oublier ce drôle de truc qui me met des rêves plein la tête. J'en pleurerais tout de suite, là, devant mes parents et leur avouerais tout, si je ne craignais de finir comme l'arrière-grand-mère. Cette seule idée me cloue la langue.

À la fin du repas, je monte me coucher. Papa laisse toujours la lumière du couloir allumée le temps que je m'endorme. Je regarde ma voiture sur la table de chevet en imaginant être lilliputien pour la conduire.

7

On picote aux fenêtres. L'aube bleuit les stries du volet. J'entends mes parents parler depuis leur chambre avec des gens se tenant hors de la maison. La lumière s'allume. Ils chuchotent tout en s'habillant. Un bruit de sandales dévale l'escalier, un second plus lent le suit. Dans toute la maison montent depuis l'entrée, le son caverneux des jappements du chien des voisins. Je me lève. Deux képis, en bas, arborent un air grave. La fraîcheur s'engouffre dans la pièce. Maman propose du café.

— Papa est mort, lance papa.

L'un des gendarmes baisse les yeux.

— Ton grand-père, mon fils, est mort cette nuit.

Maman bâillonne sa bouche pour retenir un haut-le-cœur.

— On devait aller au marché ce matin !

Leur silence perce mon cœur. Des ressorts giclent dans ma gorge, mon foie, mes doigts, sautillent de partout, piquent comme des aiguilles. Mes yeux coulent. Je ne peux ni avaler, ni respirer.

Au fond de moi, des rouages craquent, grincent, arrachent des racines invisibles de mon âme. De douleur, je me précipite dans ma chambre, j'ouvre la fenêtre, claque les contrevents contre la façade. Le nez au carreau plein de buée, j'attends qu'il vienne. J'en suis sûr ! J'entends déjà retentir ses coups de klaxon. Je sais qu'il va venir, j'en ai le pouvoir... Les gens que l'on aime ne peuvent pas mourir ! Il n'a pas le droit, j'ai tant d'autres choses à lui dire. Que vais-je faire de cet amour ? De colère, j'envoie la voiture s'écraser contre le mur. Je m'en veux si fort et me sens si coupable. Je m'habille pour en avoir le cœur net. Je prends mon vélo.

La grille et le volet de la maison des grands-parents sont fermés. Le seul être vivant gémit au fond du jardin, perché sur le toit de sa niche. Je m'arrête cependant devant la porte cadenassée du garage. Dans l'entrebâillement, le feu arrière de la 4L anéantit mes illusions. Grand-père est mort. Une odeur de lavande, à proximité, me le rappelle. J'en coupe un brin. Un goût amer se mêle au sel de ma bouche.

Le lendemain matin, la moitié du village se trouve devant l'église. Le parking plein voit encore des voitures affluer. Tout le monde est là, les Briaud, les Mahuet, le père Pouillard, sa femme, des oncles, tantes, cousins et cousines des bourgs voisins que la mort force à se rencontrer. Sur le parvis passent des couronnes de fleurs, des robes sombres peluchées, des trognes de pivoines boudinées dans des costumes de gamins. La fille

Mahuet, compatissante serre un chapelet contre sa poitrine sans me regarder. Tous pénètrent dans la nef et se répartissent sur les travées. Grand-mère, mes parents et moi faisons face au cercueil planté au chœur de l'église. Un vitrail le couvre d'auréoles diaprées. Des notes chargées d'encens s'élèvent jusqu'aux voûtes, tournoient dans ces volutes. Mon père souffle comme l'orgue. Je le vois pleurer pour la première fois. Il semble perdu, cache ses yeux rouges avec sa main. À la fin du cantique, tout le monde s'assied. La voix du prêtre retentit et je regarde cette boîte sans pouvoir imaginer Pépère dedans.

Mémère n'a pas supporté. Durant l'hiver, elle l'a rejoint. Papa dit qu'elle était malade. Je ne sais pas. Finis les rêves éveillés depuis le jour où ils ont enterré Pépère, volatilisés. Le mystère enseveli, enfoncé sous terre en même temps que lui, remisé dans une boîte avec tous ses secrets. Nous sommes retournés de moins en moins au village. Et comme la boucle d'un lacet, le nœud familial s'est défait. Mes parents ont divorcé au cours de ma première année de lycée. J'ai redoublé la seconde, puis d'autres classes, rampant sous les études sans pouvoir y trouver refuge. Certains professeurs m'ont soutenu alors que d'autres me voyaient acrobate dans un cirque. Le Droit m'a ouvert le chemin...

2ème partie

De nos jours...

8

Ce matin, je m'arrache du lit un goût nauséeux dans la bouche, les paupières soudées. On aurait dû m'en extraire au pied-de-biche si le réveil n'avait pas sonné. J'en tenais une bonne, pour sûr !

Le pas plombé, je zigzague dans le couloir comme sur le pont d'un navire en pleine tempête. Je me cogne à la chaise de la cuisine, ébloui par la lumière. L'évier déborde de vaisselle sale, le moteur du réfrigérateur bourdonne. Plus question d'alcool jusqu'à l'année prochaine, après une nuit entière passée à picoler avec des copains de boulot !

Nous venions de terminer la journée. Personne n'étant pressé, au lieu de rentrer chacun chez soi, nous avons encore parlé travail au bar du coin, assis devant le comptoir, bercés par la musique, en consommant des petits verres de whisky cul sec.

On a refait le monde, triste au départ, certes, mais qui s'embellissait à coup d'alcool. Le temps n'ayant plus prise sur nous, le nombre de verres qu'on s'enfilait non plus. Et nous voilà partis à Paris. Je me souviens bien de deux ou trois bars, dont un particulièrement glauque, après quoi, rideau. Je n'ai repris conscience que chez moi, devant la lunette des toilettes.

Toujours dans la cuisine, je touille mon café d'une main en soutenant ma tête de l'autre. Je ne demande qu'à piquer du nez. Le vrombissement du moteur me crispe. Je pense arracher la prise du réfrigérateur mais j'allume la radio pour étouffer ce bruit. La musique me calme. Le temps de tremper ma tartine, prendre une douche, écouter le flash-info, l'horoscope, et me voilà parti. Mercure, dans la lune, devrait me faire rayonner et une journée pleine d'émotion attend le Sagittaire.

Ce matin, temps gris, gras et pluvieux. Je déteste la bruine. Recroquevillé dans le col de ma veste, je remonte la rue du Mont-Cenis. Gosse du dix-huitième arrondissement, je vis depuis toujours dans ce quartier. Veuf à trente-quatre ans, j'habite un petit nid perché sur l'un des versants de la butte Montmartre. Le crachin postillonne dans mes yeux et m'empêche de le voir. Depuis ma tendre enfance, le Sacré-Cœur me fascine. La basilique si haute touche la voûte céleste qu'elle nourrit. Ses bulbes gorgés de lait pointent leurs seins au ciel. Mais encore faut-il les escalader, gravir cette peau plissée, ces marches interminables qui mènent à elle pour l'apprécier. En haut, le souffle coupé et les jambes sciées, la souffrance disparaît. D'un seul regard on dévore le monde. On le croque à coups de cils et sur chaque battement de paupières, on s'élève pour se poser vers d'autres terres. On peut le faire à volonté sans se lasser.

Aujourd'hui, un manteau blanc le masque. Tête basse, j'avance vers ma voiture. L'essence perdue sur le macadam colore l'eau ruisselante dont les reflets métalliques ressemblent aux écailles d'un poisson. Deux procès-verbaux dégoulinent sur mon pare-brise. Les essuie-glaces sont relevés et on a rayé mon capot d'une croix énorme. Je serre le volant comme si j'étranglais le morpion que j'imagine surprendre. Mieux vaut s'écarter de mon chemin lorsque le calvados et la sangria fusionnent dans mes veines. J'ai un foutu caractère, c'est vrai. Ma mère ne cesse de me le répéter. Une femme admirable à l'accent espagnol. Elle roule les « r » et caramélise chaque mot qui sort de sa bouche. Mais quand elle aborde mon avenir professionnel, un monologue épicé s'en exhale. Le français se mélange à l'espagnol dans un roulement de tambour. Selon elle, il me faut commander les autres pour être heureux. Je suis donc devenu flic dans le quatre-vingt treize.

Les jeunes disent le « 9,3 » ou encore le neuf au cube, ce qui ne change rien à la réputation du département qui enregistre les taux les plus élevés de la délinquance en France. Et j'infuse dans ce laboratoire chaque jour, dans la ville de S. pour être exact. Je prends la rue principale, longue, étroite, bordée de boutiques en sommeil. Au-dessus des feux tricolores, la croix du pharmacien et la carotte du buraliste clignotent. L'artère s'étrangle. Au bout, les gens disparaissent aspirés par une immense place grise soumise aux quatre vents, coupée par le passage du tramway et cernée dans un amphithéâtre de cités. Le poste de police se trouve à côté, un bunker rectangulaire camouflé par les arbres faisant face à la poste.

À l'image de sa ville, le commissariat ressemble à la Cour des Miracles. Chaque jour, une quarantaine de personnes patientent debout, assises, désespérant d'être appelées. L'attente peut durer quatre heures. Sans parler de l'odeur pestilentielle d'urine fermentée qui imprègne les murs, le plafond, et dont l'intensité varie selon l'activité. Le claquement des portes et le va-et-vient des gens ventile cette macération.

La hiérarchie se trouve à l'étage. La distribution des bureaux obéit à une logique bien établie, en forme de « U ». Le chef de service siège au centre. Dans chaque aile et par ordre d'importance, se déclinent les structures : au rez-de-chaussée, le corps urbain. Autrement dit, la police en tenue dont j'ai la charge avec d'autres collègues. Notre bureau se trouve juste en face des toilettes, au-dessous de celui du chef. Constitué de cloisons mobiles, il doit mesurer quinze mètres carrés dans lesquels trois bureaux et vestiaires se frottent continuellement. J'y loge avec deux autres officiers. Des fenêtres donnant côté rue et protégées par des barreaux laissent passer la lumière. Elle avive la grisaille des murs, illumine les moumoutes oubliées du balai. Cette poussière d'étoiles nichée aux quatre coins de la pièce brille sur un carrelage rouge carmin. Ce sol mat, usé par le temps, reflète la tristesse du décor. Pourtant, l'ambiance ne manque pas dans ce taudis.

La porte s'ouvre. George, mon collègue de bureau, entre avec deux cafés et s'empresse de me tendre le mien.

— La prochaine fois, tu me le prendras long et sucré, s'il te plaît !

— Tu me fais chier, Dan. La prochaine fois, t'iras te brosser, OK !

George est antillais et lieutenant de police, comme moi. Un garçon vif, susceptible, pas grand mais trapu, l'œil brillant et l'autre fermé à moitié à cause de la cigarette qu'il tient dans le bec. Chaque matin, j'assiste au même rituel. Il faut le voir mettre son uniforme, rectifier les plis de sa chemise, du blouson, corriger la symétrie des galons sur ses épaules, ajuster son pantalon et vérifier l'éclat de ses chaussures. Un dernier coup d'œil dans le miroir du vestiaire pour se convaincre de sa ressemblance avec Denzel Washington et il peut entrer en scène. J'aime en lui ses petits mots avec lesquels il termine ses phrases pour persuader, du « mais oui » au « bien sûr ! » répétés deux ou trois fois, comme s'il enfonçait un clou dans la tête de son interlocuteur. « Tu me fais chier ! », en revanche, il le réserve aux proches. George est plus vieux que moi et les longues années à jouer ce rôle immuable de méchant puis de gentil l'ont usé. Les délinquants le savent et n'y croient plus. Quand il a le blues, affalé dans son siège, les pieds sur le bureau, il coupe ses ongles et les rognures s'empilent sur son ventre. Une bonne poussée hormonale suffit à le relancer. Les femmes constituent son meilleur combustible. George-pardon-Denzel, les aime toutes. Il les veut toutes, blondes, brunes ou rousses. Il part dans ses délires les plus fous. Alors, il pose l'appareil sur son bureau et mime la conduite d'une Ferrari.

— Tu vois la blonde là, à côté de moi ! Pulpeuse, avec des seins, mon pote, je te raconte pas ! Elle me fait l'amour et jouit sur chaque rapport que je passe. Mais oui ! Et là, j'en rejoins une autre qui m'attend dans la suite d'un hôtel sur la côte... Bien sûr ! Imagine, une féline dans un lit tout rond, brune comme une panthère, impatiente de bondir sur moi...

— Et la blonde ? lui dis-je.

— Quelle blonde ? On s'en fout de la blonde ! Je te parle de la brune.

Mes éclats de rire alimentent ses fantasmes qui nous emmènent sur un yacht. La bouteille de champagne glacée qu'une superbe rousse débouche n'attend plus que nous.

— Écoute le pétillement des bulles péter dans le cristal, Dan...

— George, arrête. Il n'y a pas que le cul et l'argent dans la vie, merde !

— T'as raison. Mais c'est ça le bonheur !

Et soudain, les illusions de ce vieux quinquagénaire raniment en lui le bellâtre puissant, gonflé d'orgueil. Il projette ses déchets au sol, se lève d'un bond laissant des cadavres derrière lui. Mon sourire s'efface dès qu'il sort du bureau.

— Un feu, lieutenant ! m'annonce le major Kaly dans l'embrasure de la porte.

— Où ?...

— Cité des Canadiens.

Une voix hurle à la radio. On ne comprend rien. Je me précipite avec lui dans la voiture. Charlie, mon chauffeur, part pied au plancher. On se faufile à vive allure. Derrière, Kaly s'accroche aux appuie-têtes, fixant la route et à l'écoute. Secoué à gauche puis violemment à droite, je m'agrippe, blanc comme un linge, à la poignée du plafonnier. Sur les ondes, les collègues de la brigade anticriminalité (BAC), déjà sur place, signalent des cris d'enfants dans un appartement. Ils tentent d'y pénétrer. Puis, plus rien. Toutes sirènes hurlantes, les voitures s'écartent sur notre passage. Quatre-vingts puis cent kilomètres-heure. Les freins fument sur chaque feu, le moteur rugit à chaque carrefour. Vite, il faut faire vite, plus vite que le feu. Bringuebalé dans tous les sens, les pneus crissent, l'odeur du caoutchouc brûle mes poumons. Toutes les mesures d'urgence éclatent dans ma tête devant l'inimaginable réalité. La population court au plus près du drame, gêne les secours qui tentent de se frayer un chemin vers la cité en feu.

— Virez-moi ces gens !

— Je m'en occupe, lance Kaly.

Trois camions de pompiers sont sur place ainsi que le SAMU. Soudain, tout m'échappe. Les lumières bleues et rouges m'éblouissent. Le ronronnement des moteurs étouffe les ordres qui fusent dans tous les sens. La foule crie. Le visage en sueur, les pompiers tirent des lances vers le bâtiment tandis que d'autres aspergent les fenêtres du troisième. À côté de moi, l'ambre du feu brille dans les yeux du jeune sapeur.

— Va prendre l'oxygène, lui intime son sergent. Non ! Passez par là, par là les gars ! Montez l'échelle ! Allez ! Bouge-toi ! dit-il au jeune sapeur qu'une tape vive sur l'épaule secoue.

Le claquement sur le cuir me fait réagir aussi. Je pénètre dans le hall en suivant ces tuyaux enchevêtrés, des tentacules immenses au bout desquelles jaillit la vie. La cage d'escalier ruisselle d'eau. Les marches trempées sont recouvertes de boue. Un voile mortuaire embrume le mur en crépi blanc. L'insoutenable température raréfie l'air. Mes jambes s'engourdissent, mes pas s'alourdissent. J'étouffe. L'exploration de cette cavité monte jusqu'aux Enfers où cognent masses, pioches et bombonnes à oxygène. J'arrive devant l'appartement. Un trou noir comme une bouche m'aspire. Le sol chaud craque sous mes pieds, il ne reste plus rien. Seul le crépitement sulfureux de la bête plane encore dans cette obscurité morbide. Kaly me rejoint. Deux enfants laissés seuls ont enflammé de l'essence de térébenthine. Le plus âgé s'en est sorti, pas le petit, explique le capitaine de pompiers.

Noyé dans l'ombre du couloir, un corps enveloppé dans un sac plastique ne dépasse pas le mètre.

— Et l'autre ?

— Dans le SAMU, sous oxygène, répond Kaly.

— Et les parents ? Des nouvelles ?

— Le patron les attend dehors.

Je descends voir l'enfant dans le SAMU. Il porte une couverture sur les épaules, les bras ballants, le regard vide. C'est alors qu'une voix faible, à peine perceptible au départ, résonne en moi. L'enfant me parle :

« Dans la salle à manger, mon petit frère tient l'essence, moi j'ai le briquet. Une étincelle fait boum et d'un coup il y a du feu partout sur le canapé. Mon petit frère crie. Je veux qu'il se taise et que ça s'arrête. Le feu brûle le plafond d'une fumée noire.

On va vers la porte ; elle est fermée à clé, on hurle, on tape avec les mains, avec les pieds pour qu'on nous ouvre. On pleure, tousse, crache, les yeux piquent, je n'y vois plus rien. Papa, maman venez-nous chercher ! Quelqu'un appelle par une fenêtre. Je lâche la main de mon petit frère, on m'attrape, mais je ne sais plus où il est... »

En refermant les portes, je m'écroule contre le camion. Mon cœur galope comme celui de cet enfant. Je ne comprends pas ce qui vient de m'arriver. Le gamin de neuf ans vient de me parler sans qu'aucun mot ne sorte de sa bouche. J'ai senti les flammes rougir sur mon visage, mes poumons s'encombrer de fumée. J'ai même senti ma main se glacer lorsque la sienne cherchait celle de son petit frère... Je deviens fou ! Cela vient de moi, de l'intérieur, comme ça, d'un coup, comme une éponge sèche que l'on jette et qui absorbe tout. De retour au commissariat, une chute vertigineuse me brise sur Pépère, Mémère et sur l'image que je m'étais faite de mon arrière-grand-mère. Serait-ce l'atavisme d'un sixième sens ? Les visages s'entre-mêlent, tournoient, se délitent en un jus qui me perce les tempes, dont la pression trop forte m'oblige à fermer les yeux.

Le soir, je n'ai qu'une envie, déguerpir du bureau, rentrer au nid, retrouver ma fille, ma force, l'aimant de ma vie. Vu l'heure, j'annule le cinéma. Ma mère me fustige au téléphone en l'apprenant avant de me passer Agathe. Qu'elle fasse la tête! Une moue boudeuse ! Qu'importe ! Une seule chose compte : que nous soyons réunis sans que l'équilibre familial ne bascule. Maman y veille.

— Gathy chérie... C'est papa ! Mamie t'a dit pour ce soir ?

— Tu rentres tard ?

— Non... On n'ira pas voir *Harry Potter*. Je suis vraiment trop fatigué. Et puis j'ai...

— J'te repasse mamie, répond-elle sèchement.

— T'exagères Dan, reprend ma mère. Tu pourrais au moins faire cet effort !

— Où est Agathe ?

— Partie dans sa chambre, qu'est-ce que tu crois ! Elle est déçue, tu sais...

Le sang me monte à la tête comme l'envie de l'envoyer paître.

— Tu veux que je te prépare quelque chose ?

— Non, laisse tomber, dis-je en grommelant. Je me débrouillerai.

Je raccroche. Je ne décolle plus du bureau. En me frottant les yeux, des milliers de points lumineux piquent cette obscurité déroutante. Trop de choses scintillent puis disparaissent soudain. Si seulement tout pouvait s'oublier simplement en ouvrant les yeux. J'ôte l'uniforme mais l'odeur de cramé reste sur ma peau. La mort embaume mon âme.

Je souris en montant dans la voiture. J'imagine ma petite Gathy, ses cheveux longs, blonds, tressés en natte, belle comme sa mère avec ses grands yeux bleus et un sourire en pétale de fleur. L'appareil dentaire va le corriger a dit l'orthodontiste. De toute façon, Agathe rit peu depuis que nous vivons à deux. Elle parle peu aussi. Je crois qu'elle m'en veut...

Pour le reste je ne me plains pas. Elle travaille bien à l'école, m'aide à mettre la table, la débarrasse et « fait les poussières » le samedi matin. Gathy adore faire les poussières. Le plumeau dans sa main vibre au son de sa voix. Caché derrière le mur, je l'écoute. Je vole ces moments, prends ce qu'il y a à prendre car je ne sais plus communiquer avec elle. Agathe a dix ans et son silence m'affame. Nos rares moments d'affection s'échangent sans mot. Le soir, lorsqu'elle se brosse les dents, je la peigne et chaque nœud démêlé m'offre un prétexte pour caresser sa chevelure. Quand elle est couchée, après quelques pages de lecture, j'éteins la lumière et l'embrasse sur le front. Au prix d'une douleur grinçante comme le parquet sous mes pieds, je sors de la chambre en me disant que demain, peut-être, elle m'ouvrira ses bras. Agathe m'a fermé son cœur depuis le départ de sa mère, cinq ans déjà...

Je passe louer un DVD pour compenser le ciné. *L'Âge de glace* avec Scrat l'écureuil l'avait fait beaucoup rire.

Je me gare rue Ordener, juste devant Picard. Rien ne presse dans le magasin. Je me sens bien au milieu des gens. Certains hésitent, comparent les produits ; d'autres en cherchent l'origine le nez collé sur l'étiquette. Mon regard glisse au-dessus des congélateurs. Je passe sur les purées, les petits fours et les glaces en promo. Les fondants au chocolat, en revanche me font craquer. Gathy aussi en raffole. Surprenant, le nombre de célibataires que l'on croise dans les rayons. Peut-être, un jour, rencontrerais-je ma promise sur une pizza, qui sait ? La vie se charge des rencontres. Cela paraît simple à dire, pourtant, j'en ai perdu du fric avant d'arriver à cette conclusion. Les agences matrimoniales m'ont ruiné. On vous rassure d'abord en prétendant que l'on trouve toujours chaussure à son pied. Le conte de fée débute par la présentation d'un catalogue de créatures superbes que l'on ne voit jamais. On vous flatte, vous bichonne d'un café ou d'un thé. Puis, princier, vous lâchez le premier chèque sans vous soucier du découvert à la banque et de l'abonnement auquel vous venez de souscrire.

En sortant une boîte de « fajitas » d'un placard, je ne ris plus. Je revois ce regard noir de l'enfant m'aspirer dans la bouche sombre de l'appartement. Je m'accroche à la première bouée venue, un petit vieux à lunettes coiffé d'un béret qui ne comprend pas ce que je lui raconte car je ne parle

pas assez fort. La vendeuse m'explique que les
« fajitas » n'existent qu'au poulet. Elles auraient pu
être au bœuf, au mouton, que sais-je... N'importe ! Il
me faut parler pour chasser loin de moi ce spectre
qui me hante. J'y parviens... Je reviens... Je me
calme...

— T'en as mis du temps ! me dit ma mère sur le
pas de la porte.

— Je suis passé chez Picard, lui dis-je en
l'embrassant, et Agathe ?

— Dans sa chambre. Elle termine ses devoirs.
Tu veux que je reste ?

— Non... Je te raccompagne ?

— Tu sais je n'ai que deux rues à traverser.
Occupe-toi de ta fille. Elle en a bien besoin. Elle se
faisait une fête d'aller voir *Harry Potter*.

— Arrête maman ! Tu n'imagines pas la journée
que je viens de passer. Rincé, tu sais ce que cela veut
dire ?

Je déballe les courses sur la table de la cuisine.

— Raison de plus pour se détendre devant une
toile !

— Tu ne vas pas remettre ça ! Je n'ai pas envie
de sortir. Un point c'est tout.

— Agathe m'a dit qu'elle haïssait ton métier.

— Tu peux me passer les boîtes, s'il te plaît ? dis-je, la tête dans le frigidaire.

— Tu n'as jamais eu l'idée d'acheter des produits frais, mon fils ?

— Chez nous, c'est congelé, maman, tu le sais bien.

— Je vois ça. Carpaccio de bœuf, tartare de saumon, moussaka, fondant au chocolat... J'ai fait un steak avec des haricots verts à ta fille et elle s'est régalée.

— Agathe n'aime pas les haricots verts !

— Pas les conserves, c'est vrai.

— Sans femme à la maison, Picard fait l'affaire dis-je en m'acharnant sur un tiroir du congélateur bloqué par la glace. Ce soir, je veux pouvoir me vautrer sur le canapé avec Gathy et regarder « L'âge de glace » en dégustant ces merveilleux moelleux au chocolat.

— J'en veux pas, dit Gathy surprenant notre conversation.

— Bonsoir trésor ! dis-je en enfournant les moelleux.

— Ça se fait pas. Tu m'avais promis papa... J'veux pas de moelleux ni *L'Âge de glace*, j'veux voir *Harry Potter* et c'est tout.

De colère, Agathe lance le DVD à travers la salle à manger et se précipite en larmes, dans sa chambre.

— Ne va pas la voir, laisse la pleurer, dit ma mère.

— Tu crois ? fis-je la voix tremblante.

— Ne t'inquiète pas, ce n'est rien. Demain, je l'emmènerai au jardin d'Acclimatation. N'oublie pas qu'on est mercredi !

J'ai passé la nuit entière à digérer le jour. Impossible de m'endormir. Perforé dans l'âme comme le ver à l'hameçon, je me tortille dans tous les sens. Drôle de rêve que je tisse là. Je m'empêtre dans les draps. Des enfants... Non, des visages calcinés, monstrueux, surgissent, ouvrent la bouche pour me dévorer. Ils crachent du feu sur leur passage. Je me cabre pour l'éviter, je me débats à coups de pieds. D'un sursaut j'ouvre les yeux. En sueur, j'allume la lumière.

Ce matin, comme chaque mercredi, j'attends maman pour partir au boulot. Je tourne dans la maison, trouve un tee-shirt, une chaussette et mon caleçon de la veille sous une chaise. Je fourre tout dans la panière puis entre d'un pas feutré dans la chambre d'Agathe. Elle dort. Les volets de la fenêtre tamisent la pièce d'une aube éternelle. Au pied du lit gît un tigre blanc rayé de noir, son « préféré doudou ». Je le ramasse en contemplant Agathe. L'odeur de mon bébé l'imprègne comme le sel de ses larmes. La nuit a raidi par endroits un pelage soyeux de touffes rugueuses. Je rage en serrant contre moi cette peluche silencieuse pour n'avoir su mieux qu'elle absorber sa peine. Mon bébé, ma petite Gathy, pardonne-moi, mon amour, ma vie. Partir bosser avec cette culpabilité me plombe pour la journée. Je suis las de mes erreurs, las de reproduire ces schémas inconscients. Le temps donne raison à maman. On doit oublier ses problèmes d'adulte, plonger avec son enfant dans l'innocence des fées et des princes charmants, bercer ses nuits d'une fable de La Fontaine, tapisser son sommeil d'étoiles pour les voir au matin briller dans ses yeux. Ceux d'Agathe sont clos. La porte d'entrée se déverrouille, maman arrive. Je pose délicatement doudou sur le lit.

— Bien dormi mon chéri ? demande maman que j'embrasse dans le couloir.

— Pas le temps. Câline Gathy pour moi. Il faut j'y aille.

— Pense au pain ce soir, lance-t-elle du palier tandis que je dévale l'escalier.

9

J'arrive au bureau avec un quart d'heure de retard. George n'est pas là, en revanche, le père de l'enfant décédé déjà présent patiente à l'accueil. Je reçois ce petit homme d'origine comorienne, timide qui prend une profonde inspiration en refermant la porte. Ses semelles glissent vers la chaise que je lui désigne. Sa main me paraît aussi molle que les traits de son visage qu'aucun muscle ne semble soutenir. Il s'assied lourdement sans ôter sa gabardine. La femme, absente, a été hospitalisée. La mort a dévoré la lumière de ses yeux. Seul, le prénom de son défunt fils le fait encore réagir. Ils s'étaient absentés une heure pour rendre service à un cousin habitant la cité voisine. Voilà ; son récit s'arrête là, comme sa vie. Jamais audition ne fut aussi courte. Il la signe sans la lire. Peut être ne sait-il pas lire. Qu'importe ! Il trouve la force de nous remercier d'avoir sauvé son aîné. Je ne sais pas quoi lui dire, alors je me lève en même temps que lui pour raccompagner ce fantôme jusqu'à la porte. Dans l'abîme de sa peine, lisse et froide comme sa main qu'il me tend, son sourire n'accroche plus la vie.

À peine me suis-je effondré dans le fauteuil que George surgit, trépignant d'impatience de me présenter une personne.

— Entrez madame, il vous attend, venez ! Venez ! N'ayez pas peur, entrez donc ! insiste-t-il en tapant du pied.

— Regarde Dan qui vient nous voir !

Une femme à l'allure imposante passe la porte. Un cauchemar, une horreur d'un mètre soixante-dix se plante devant moi. Un bloc tout noir comme son sourire. Une dinde, que dis-je, un chapon de Noël présenté par le père George qui se régale en observant mon air sidéré.

Des badges recouvrent les revers d'une veste noire sur laquelle pendouillent quelques colifichets, une montre coccinelle en breloque. D'innombrables stylos aux capuchons fluorescents ornent sa pochette. Enfin, elle exhibe autour du cou comme un bijou de famille une sorte de médaillon en toc bleu turquoise. Deux couettes se dressent comme des antennes de ses cheveux gras, noirs et courts. Son fard à lèvres rouge vif déborde les contours de sa bouche et une épaisse couche grise de fond de teint dissimule sa crasse. De surcroît, elle pue.

— Bon ! Je vous laisse entre de bonnes mains, Madame. À tout à l'heure, Dan !

Elle plante sa glaise sur la chaise, cale sa poitrine en croisant ses bras et m'annonce que le chauffeur de l'ambassadeur du Pakistan vient de tout casser chez elle. Elle sort de son sac des boules de papiers épaisses et grasses, gribouillées dans tous les sens qu'elle défroisse du plat de la main.

George, ce vieux renard, doit bien se poiler en racontant aux autres que je me farcis la dinde. La folle continue de glousser puis glapit qu'on lui a installé une caméra dans l'œil. Je dois trouver d'urgence une solution pour m'en débarrasser. Je m'approche d'elle et dans la plus grande confidentialité lui invente un secret. Je lui suggère le seul remède qui me traverse l'esprit.

— Entourez-vous la tête de papier aluminium pour tout parasiter.

Elle en reste bouche bée. Sans lui laisser le temps de répliquer quoi que ce soit, je me lève, lui restitue ses déchets en la raccompagnant, m'excuse de mon incompétence en matière d'affaires indiennes.

— Non ! Pakistanaises, je vous ai dit ! Son haleine fétide manque de me renverser.

— Mais qui s'occupera de moi, alors ? insiste-t-elle.

— Celui qui vous a reçue, voyons ! Vous savez... Le lieutenant black. Je crois même qu'il a un petit faible pour vous... Si, si, je vous assure. Vous n'oublierez pas, hein ! George, il s'appelle George...

Elle rougit. Je le vois justement arriver avec sa tête des mauvais jours.

— Tu me fais chier Rachid ! Quatre fois en six mois, bordel ! T'en as pas marre de tes conneries, hein ?

On l'entend vociférer du bout du couloir. Il secoue un gamin mesurant trois têtes de plus que lui, sec comme la tige d'un roseau qui ploie sous les jurons.

— C'est pas moi, m'sieur !

— La ferme, assieds-toi là.

— Regarde bien, Dan. Tu tapes Rachid aux fichiers et t'as le jackpot ! Il vient d'avoir dix-sept ans. Mate le palmarès du mec !

Si les gendarmes et les voleurs constituent un jeu pour les enfants, il est pour lui une triste réalité, un quotidien dont la sanction s'imprime sur le papier. Dix pages d'antécédents s'éditent sur l'imprimante de George. Le gamin en tire même une gloire. Son aplomb me déconcerte. Il demande à George des nouvelles de certains de nos collègues. À croire que ses interpellations répétées génèrent en lui une forme d'affectivité.

— Eh ! M'sieur, c'est le juge Robert qui s'occupe de moi, appelez-le !

— On n'en est pas là, abruti. Tu vas d'abord me dire ce que tu voulais faire avec ce poste que t'as tiré dans la voiture.

— Eh ! Mais c'est pas moi, M'sieur proteste-t-il les doigts tournicotant dans l'air.

— Ah oui ! Ah bon ! On t'a vu le jeter sous la voiture !

— Eh ! Mais c'est pas moi qu'ai cassé la vitre de la voiture, le poste traînait par terre...

— Et les silex dans la poche de ton pantalon, c'est pour le Petit Poucet ?

— Eh ! C'est qui ce p'tit-là ?

George s'allume une cigarette.

— Je peux en avoir une, M'sieur ?

— Quand tu m'auras dit la vérité.

— Eh ! M'sieur, j'ai rien à voir avec cette histoire de vol ! Croyez-moi pas !

Son timbre de voix change déjà. Fragile, sa voix s'enroue puis déraille.

— Tu ne sens pas quelque chose de bizarre ?
dis-je à George.

— Non.

D'un coup, je sens la chaleur du corps de
Rachid transpirer sous ses vêtements avec une telle
précision qu'il me faut regarder mes mains. Une
boule chaude grossit et se meut au fond de moi.
Concentrée au niveau de mon sternum, elle semble
se délecter de l'odeur de Rachid... Non. Elle le
découvre, le déguste et propage son énergie qui
s'infiltre par tous les pores de sa peau. Je sens son
corps suinter le vice, âcre, comme un mélange de
graisse et de métal rouillé. Ma main se crispe sur le
rebord du bureau, appréhendant le moment où...
George vient de décocher une claque sur la tête du
gosse qui surprend tout le monde.

— Ça t'apprendra le respect, lui dit-il en se
rasseyant.

L'adolescent blotti sur sa chaise répond aux
questions de crainte de s'en prendre une deuxième.
L'odeur a disparu, la sensation avec. Et tandis que
George continue l'audition, je sors prendre un café.
C'est affolant, cette énergie capable de palper
l'invisible, sonder l'intouchable, goûter les odeurs,
sentir la saveur des autres. Lorsqu'elle se manifeste
- toujours sans prévenir - cette chose m'envahit, me
possède, m'emmène. Je me perds. Devant sa force,
je m'incline. Elle règne souveraine, Reine de tous

mes sens. C'est si bon, si dur et si beau que s'en est surhumain. Ma raison en doute, même.

Je prends appui contre le distributeur de boissons. La chaleur dégagée par le plastique chauffé par les ampoules me rassure. Derrière une voix m'interpelle.

— Ça va, lieutenant ?

— Un petit coup de fatigue, ça va passer.

C'est Charlie le rongeur. De profil, la caricature s'avère plus flagrante encore. Ni la blondeur de ses cheveux en brosse ni son aspect filiforme ne l'évoquent, mais sa dentition prognathe et ses joues creuses accusent la ressemblance et lui donnent une mine bien triste. Les stigmates du décès de l'enfant dans l'incendie se lisent encore sur son visage. Il a le teint gris et l'œil vide. Il faudra que nous en parlions, un soir, au cours d'une virée avec lui, George et les autres, un dégagement entre flics, en famille, afin d'évacuer tout cela. On a le même âge tous les deux, le même niveau d'études, et peut-être mérite-t-il plus que moi son grade d'officier. Sa paresse à présenter le concours m'exaspère. Pourtant, sur les affaires, il excelle et nous surprend parfois sur des détails qui nous échappent. Il vaut n'importe lequel d'entre nous.

Je regagne le bureau comme un équilibriste, les cafés à la main. George s'amuse à faire sortir des ronds de fumée de sa bouche.

— Alors ! Qu'est-ce qui t'es arrivé tout à l'heure ?

J'aurais pu lui expliquer mais il m'aurait pris pour un cinglé. Je préfère lui tendre son café.

— Dieu sait pourtant que tu ne le mérites pas !

— Attends ! J'envoie Rachid au ballon et tu ne me félicites pas !

— Je ne te parle pas de lui !

— De quoi tu me parles ? répond-il, agacé.

— Tu as oublié le cadeau que tu m'as fait !

Du coup, il éclate de rire.

— Ah ! Tu veux parler de la folle. Elle est bien, hein ? Remarque, maintenant que tu m'en parles, tu t'en es vite débarrassé !

— Elle reviendra bien vite tu peux me croire...

Enfoncé dans le fauteuil, les pieds sur le bureau, je prends comme lui la pose légendaire du shérif. Un rare moment de silence plane.

— Tu disais ?

— Non, rien... enfin si, je pense à Rachid. Il ne sortira jamais de cette logique.

— Ouais... répond George en allumant une cigarette qui le fit tousser. Putain !... Faut que j'arrête de fumer, tu sais !

Le téléphone retentit soudain.

— Dan, oh !... Tu décroches ou quoi ! Faudrait peut être que t'arrêtes la moquette, hein ! Ton téléphone !

À l'accueil, deux personnes souhaitent rencontrer un officier de police. J'aurais pu déléguer cette tâche, demander à George de s'en occuper ou tout bonnement les refouler, mais je les reçois. En me dirigeant vers le hall, je ne vois que lui derrière la porte vitrée, assis sur un banc à côté d'autres personnes. Il porte un grand manteau sombre à la carrure démesurée, une petite tête ronde comme ses lunettes et ses cheveux noirs en hérisson. Rien ne semble perturber ce souriant asiatique, car autour, ça beugle, ça crie, ça hurle, ça pleure aussi. Mon entrée suspend le tumulte.

— David Wang, avocat au barreau de Paris. Permettez-moi de vous présenter ma cliente, Mademoiselle Sylvie Darcourt.

Tandis que je lui serre la main, un bien-être étrange me saisit. Une sensation de « déjà vu », de nous être rencontrés avant, ailleurs. Sa voix chaude a une tonalité si familière qu'elle conforte cette impression et dissipe mes craintes. Elle m'apaise même. Sa cliente, en revanche, ne ressemble à rien.

Une vieille fille sage, brave et robuste vêtue d'une robe dont l'imprimé me rappelle ma grand-mère. Cette note champêtre s'estompe, balayée par le motif de leur visite : elle subit un harcèlement téléphonique de la part d'un flic. George s'éclipse. Maître Wang précise que cet individu travaille au commissariat. Lui seul parle. Elle regarde ses chaussures. Perplexe, je m'enfonce dans le fauteuil. Ce flic l'aurait reçu pour un dépôt de plainte. Je me redresse, prêt à défendre l'honneur de la police, m'approche de Maître Wang, alors qu'il pose sur mon bureau une cassette contenant les enregistrements ainsi que le numéro d'appel du policier en question. Les bras m'en tombent. Il me la tend. La preuve en main, je plaide coupable. J'entends déjà chauffer, couiner, grincer ces grosses mécaniques juridiques aux roues crantées, prêtes à broyer. Je sais de qui il s'agit. Mademoiselle Darcourt lève ses yeux de chien battu. La gravité de la situation tombe comme les traits de son visage. J'attends que Maître Wang me dise s'ils veulent déposer plainte. Après tout, elle est venue pour cela. Contre toute attente, l'inverse se produit, à la seule condition de ne plus jamais entendre parler de ce flic.

— Vous voyez, lieutenant, les exigences de ma cliente ne sont pas excessives.

— Je vois toutefois dans votre présence...
Comment dire ?...

— Je comprends. Mais je n'ai rien contre la police, au contraire ! J'accompagne Mademoiselle Darcourt plus en ami qu'en avocat, soyez-en sûr. D'ailleurs, le pénal n'est pas ma spécialité, même si j'ai eu de bons profs en la matière.

— À quelle époque avez-vous fréquenté l'université ?

— Oh ! Cela doit remonter à six ou sept ans.

— Alors, nous aurions pu nous croiser.

Mademoiselle Darcourt plonge à nouveau dans ses chaussures. Des noms de professeurs nous renvoient à nos années studieuses nous éloignant du problème. L'éclat de nos sourires étincelle sous les néons. Je me sens bien. Je n'ai plus envie d'arrêter de parler. Un profond soupire interrompt notre conversation. La malheureuse respire encore sous son fardeau et nous le fait savoir. Gêné, je tousse, pose la main sur l'enregistrement en leur garantissant la cessation immédiate des appels. Une sanction administrative y mettra un terme.

La brave fille attend une réaction de son avocat.

— On peut lui faire confiance. Le lieutenant nous informera des suites de cette affaire, n'est-ce pas ?

— Vous pouvez compter sur moi, lui promis-je.

Comme je me lève pour les raccompagner, Maître Wang ajoute :

— Ah ! J'allais oublier, voici ma carte. Venez donc déjeuner avec moi demain. La brasserie se trouve juste à côté de mon cabinet. Disons... douze heures trente ?

— Avec plaisir.

— Et bien, à demain !

J'écoute la cassette quand George reparaît.

— Alors ? fait-il, impatient d'entrer dans la confidence.

— T'inquiète, je gère, dis-je en prenant la pose légendaire du shérif.

— Oh ! Tu me fais chier, Dan. C'est qui ?

— Gille Novack !

— Cet ivrogne ! Je m'en doutais, bordel ! Je l'avais bien dit qu'on aurait des problèmes avec lui. Personne ne m'écoute. Et qu'est-ce qu'il a fait ?

— Il a harcelé une bonne femme au téléphone.

— Attends ! T'y vas peut-être fort là !

— Ah ! Parce qu'appeler les gens après vingt-trois heures toutes les dix minutes, et un dimanche soir, c'est pas du harcèlement pour toi ?

— Quel con ! Putain quel con ! Elle dépose plainte ?

— Son avocat m'invite à déjeuner demain.

— Ça, c'est pas bon.

— Tu m'oublies pour demain !

— Tu penses !...

10

Sitôt sorti du métro Concorde, on est déboussolé. On repère l'Obélisque et cela va mieux. Sa pointe dorée brille sous des nuages bas. Des pneus par centaines vibrent sur le pavé. Les artères encombrées mugissent de moteurs à l'arrêt. Le trafic me fait fuir dans une ruelle divisée en une myriade de petites veines. Les gens affluent dans tous les sens, sortent de tous côtés, cheveux au vent, portable à l'oreille.

J'arrive dans le troquet. Des stratocumulus de nicotine planent au-dessus des têtes. Une odeur de friture de poisson et de viande grillée, provenant de la cuisine, se mêle à celle vinaigrée de moutarde. La vapeur chaude d'un café monte sous le sifflet du percolateur. Le barman sert des liqueurs sur le comptoir. J'avance dans la salle, vacillant à travers le brouhaha pour trouver une table. Je me pose. Sur ma gauche, deux hommes et une femme en sont au dessert. Elle porte un maquillage léger, précis, refait dans les toilettes cinq minutes avant de rejoindre ses collègues. En revanche, ses racines noires bavent sur une couleur qui implore un rendez-vous chez le coiffeur.

Un vieil homme seul à une table compte sa monnaie, y regarde à deux fois, semble douter puis reprend l'addition et compte encore pour être sûr de ne pas se tromper... Qui sait ? Ne souhaite-t-il pas s'en aller ? Il se lève, prend appui sur la chaise, met son chapeau en observant les gens. Son regard glisse sur leur indifférence et se pose sur sa table où un tas de miettes, un verre d'eau et une addition froissée constituent les vestiges de son passage. Se servant de son siège comme d'une canne, il prend une profonde inspiration qui emporte mon Sens :

Même salle de restaurant, la même table mais là, une femme fait face au vieux monsieur, plus chevelu, moins ridé, et qui se tient plus droit. Il rassemble des miettes éparpillées sur la nappe sans pouvoir regarder cette superbe créature aux cheveux argentés qui le considère tendrement.

— Cela fait parti de la vie mon chéri. Nous ne pouvons rien y changer, tu le sais bien ! lui dit-elle.

Elle décale un verre pour glisser sa main qui vient recouvrir celle de son vis-à-vis.

Sa chaise ripe sur le carrelage.

— Ça a été, Monsieur le juge ? Demande le garçon de salle en lui remettant son manteau

— Très bien, Paul. Comme d'habitude, c'était très bien répond le vieux d'une voix atone.

Je le perds au milieu de l'assistance. Ivre de son secret, je reviens à sa table. Le garçon de salle en a dressé une nouvelle, et emporte avec lui la nappe qu'il froisse en boule. J'en veux à ce type. On ne jette pas le passé d'un homme ! Pas comme ça, pas celui-là. Je me sens plein de sollicitude. C'est étrange. L'amour, la mort tourbillonnent dans mon esprit comme les faces d'une pièce. La perte d'un être cher ôte un sens à sa vie. Que n'ai-je perdu avec toi Pépère que mon Sens ne comble !

Le serveur s'impatiente devant moi, carnet à la main tandis que David Wang arrive, essoufflé, s'excusant du contretemps. La fatigue me tombe dessus comme une barre de plomb.

— Vous avez commandé ? me dit-il.

— Non, je vous attendais. À vrai dire, je n'ai pas très faim.

— Allons ! Allons ! On parle mieux le ventre plein.

— Un menu alors... fis-je, agacé.

— D'accord. Vous nous mettrez deux plats du jour, s'il vous plaît ! Cela vous va ?

— Très bien...

— Si vous me permettez, commençons par évacuer le boulot.

— Que voulez-vous dire ? fis-je, perplexe.

— Je vous rassure tout de suite. J'ai parlé avec ma cliente, et elle se satisfait amplement de ne plus recevoir de coups de téléphone. Alors pour le reste, vous savez...

— Je me suis engagé sur une sanction administrative et sanction administrative il y aura.

Son sourire m'irrite.

— Je suis sérieux, Maître Wang !

— Je n'en doute pas. J'étais sûr que vous alliez me dire cela. C'est fou, non ?

J'aurais pu lui répondre la même chose. Je me sens mieux. Sa présence, comme la première fois m'apaise, me régénère. J'oublie le brouhaha, les odeurs, les gens, jusqu'au serveur qui vient nous débarrasser la table. La fatigue se désagrège, comme cette fumée de cigarette qui passe devant nous. David mange au rythme de sa montre qu'il surveille constamment, me parle de son travail, me questionne sur le mien, m'apprend qu'il doit partir quatre mois à Singapour car ses affaires sont là-bas. Je l'écoute.

— Désolé, s'interrompt-il soudain, je parle trop.

— Déformation professionnelle !

— Probablement. De plus, je presse le service, vraiment je suis désolé Dan. Je peux vous appeler Dan ? Et si on se tutoyait ! Ce serait plus simple, non ?

— J'ai l'habitude de manger vite, ne t'inquiète pas !

— Tu vois, c'est ça, Dan ! C'est ça qui importe...

— Pardon !

—Euh ! Non, rien, excusez-moi, dit-il troublé.

Un voile de pudeur couvre ses yeux. J'ai un haut-le-cœur. Fuyant comme un poulpe, il change de sujet et crache son encre sur son pays natal, le Cambodge.

David a cinq ans quand il assiste au massacre de son village : un Khmer rouge pointe du bout du canon la vie de son cousin à genoux. Autour de lui, la vie s'écroule sous les flammes que le sang ne peut éteindre. Les maisons dévorées par le feu craquent ; les mitraillettes crépitent sur les fuyards. Les cris des enfants déchirent des familles. La terreur, invisible, enfièvre ces tueurs en uniforme. Soudain, l'horreur détone. Elle souffle les supplications en brûlant les esprits sur des générations. À chaque coup de fusil, un des hommes du village, alignés comme son cousin, tombe. Une fumée blanche s'élève, David croit y voir l'âme de celui qui s'écroule.

Entre nous, quelque chose passe, étrange. Enfouies en moi, des douleurs s'éveillent, s'extirpent de mon corps pour se coller aux siennes. Plus il souffre, plus je l'aime. Née d'une alchimie, l'aura dégagée par David soulève mes entrailles, touche mon cœur emballé. Tout s'éclaire. Je comprends maintenant ce que veut dire « ressentir ». Cela ne provient pas du sternum comme le prétendait papa, mais du cœur. Jamais ce mot n'est sorti de sa bouche ni de celle de Pépère. Un mot proscrit par la famille, bon pour les faibles ; un mot de Dieu évoqué par le curé les dimanches matin.

Le serveur revient avec nos desserts. Dans chacune de nos mousses plonge une langue de chat. David la retire et, tout en me parlant de sa mère, récupère sur le bord de la coupe le chocolat collé sur le biscuit. Comme elle, maman ne savait ni lire ni écrire le français. Et tandis que chaque soir la sienne se brûlait la bouche en mangeant sa soupe sous son regard, la mienne s'astreignait à faire des lignes d'écriture avec moi.

— À la cantine de l'école, me dit-il d'une voix vibrante, on m'avait interdit d'aspirer le potage pour le refroidir.

David l'avait imposé à sa mère, omettant de lui dire qu'il fallait souffler dessus.

Une énergie me traverse, un courant si fort qu'il perturbe même la table voisine. On se sent épiés. La femme et les deux hommes ne parlent plus et semblent avoir des yeux dans les oreilles.

— Ce doit être le moment de l'addition, me chuchote David.

Au loin, le garçon de salle arrive une soucoupe à la main qu'il pose sur leur table. J'éclate de rire.

— Bon, le devoir m'appelle. J'ai passé un super moment tu sais...

Et tout en se levant, il prend un air grave.

—... Et je dois te dire encore une chose. N'hésite pas à m'appeler si tu as besoin de mes services. Je serai là. Tu as ma carte de visite, n'est-ce pas ?

— Merci, mais je préfère David à Maître Wang. Et puis, au grand désespoir de ma mère, je ne suis toujours pas marié.

— Nous sommes deux.

— Alors, je ne risque pas de te solliciter pour un divorce...

— Fais attention à toi quand même, tu m'entends ! N'oublie pas ce que je viens de te dire, si tu as le moindre souci, appelle-moi. Ah oui ! Pour l'addition, t'inquiète !... J'ai une ardoise ici. On s'appelle, alors !

— Tu peux compter sur moi et bon voyage ! lui dis-je en le regardant s'éloigner.

Le temps brûle les moments intenses. J'avale le fond d'eau dans mon verre et me lève pour aller bosser. Je prends le bus. À cette heure, le trafic est fluide dans Paris. J'appelle George pour prendre la température du bureau. Personne ne répond. En passant devant l'Opéra Garnier une envie folle d'évasion m'envahit. Je ne vais pas retourner au commissariat. Arrivé à la gare Saint-Lazare, je décide d'aller à Montmartre. La vie me semble belle, douce et ronde. L'air amortit même les bruits.

Au pied du Sacré-Cœur, provenant de deux bistrots des odeurs de crêpes, de crème de marron, de Nutella et de coco chauffant sur des plaques me renvoient à mon enfance. Tout petit, ma mère m'emmenait jouer dans les bacs à sable. Plus tard, vers dix ans, je montais seul, comme maintenant, au jardin supérieur par un des toboggans en béton. Entre ses carrés de pelouse brodés de fleurs tapissant la butte, j'y retrouvais trois vieux extraordinaires, Lili, Max et Bernard, des habitués. Ces chaises en ferraille peintes en vert me les rappellent. Lili préférait celles munies d'accoudoirs que je m'empressais d'aller lui chercher. Petite, fragile et toute fripée, délicieuse Lili, tu m'apprenais la tendresse quand alors tu me caressais le visage. Tu fouillais dans ton sac prétextant qu'un gâteau y traînait. Ta générosité aussi me comblait, comme celle de Bernard pour les oiseaux.

Bernard donnait du coffre pour effrayer le touriste avec un fort accent du sud qui soudait ses amis. Capitaine du groupe avec une casquette de marin, tu en étais le phare éclairé d'un tourbillon de moineaux voltigeant, virevoltant au-dessus de toi, piquant sur chaque becquée que tu envoyais, des pépites extraites d'une pâte jaune et molle, enveloppée dans un plastique dont toi seul avais le secret. Les Japonais te singeaient avec du pain pour se prendre en photo. Tu m'en as confié la recette un jour. Et comme toi, je tendais le bras sans trembler pour les sentir se poser sur ma main.

Toi, Max, tu m'émerveillais avec des tours de magie, deux clous enchevêtrés impossibles à séparer. « Trouve l'astuce » me disais-tu. Et comme je la cherchais, tu sortais une boîte d'allumettes qui s'ouvrait dans ta main sans que tu l'aies touchée.

Je suis presque arrivé. Essoufflé, je fais une halte près du bassin vide qui ne coule qu'en été. Des gamins s'entraînent au roller. Paris sublime. J'emprunte un boyau creusé dans la roche et, face à moi, la majestueuse basilique déroule son avalanche de marches, servant autrefois de lieu de ralliement avec les copains. Combien de fonds de culotte s'usèrent sur cet escalier ! Sur « le perchoir aux gonzesses », comme on disait, on baragouinait de l'anglais à toutes les touristes, dans le seul but de leur rouler une galoche. On en a fait des pays, sans voyager !

Je m'installe en salle dans un troquet de la place du Tertre et commande un café. Pour moi, être ici, c'est comme assister au lever du jour. Il faut arriver le matin, lorsque les croqueurs de visages arpentent déjà la place pour se réchauffer. Des Russes, grands, forts, vêtus de longs manteaux gris, fument, toussent, s'esclaffent en se croisant, fusain à la main. Tout le monde se connaît. Les peintres arrivent, enfermés par des tables et des chaises alignées par les cafetiers. À l'extrémité des chevalets fleurissent des parapluies aux couleurs chatoyantes sous lesquels bourgeonnent des toiles achevées. Un parfum de gouache embaume la place.

Seulement aujourd'hui, il y a trop de monde. Les Japonais dévastent tout sur leur passage, comme des criquets. En sortant mon portefeuille, je tire la carte professionnelle de David. Quel dommage qu'il parte pour Singapour ! Il possède quelque chose que les autres n'ont pas, une force supérieure, du génie dans les yeux. En général, on dit cela aux femmes. Moi, j'ai l'impression de le connaître depuis toujours. Mieux encore, de l'avoir reconnu.

11

Le lendemain, je retrouve Kaly devant la machine à café du commissariat. Je lui demande des nouvelles de Charlie, notre rongeur dont la santé m'inquiète. Il grimace en goûtant son café. Soudain un terrible fracas provenant du poste suspend notre conversation.

D'un seul élan les gardiens de la paix s'agglutinent les uns sur les autres. Il en vient de partout pour neutraliser ce fou furieux que l'on vient d'interpeller. Au sein de la mêlée, les coups de pied partent dans tous les sens comme les jurons. Par-dessus ce vacarme le tintement des clés attachées à la ceinture des fonctionnaires donne le rythme. Les semelles en caoutchouc sifflent sur le carrelage, le bruit sourd et creux d'une tête cogne le sol. Attaché au banc des vérifications, la bête transpire de haine et contamine les gardés à vue qui maintenant s'agitent dans les cages. Ils hurlent des obscénités, tapent des poings et des pieds pour relancer la dynamique. Kaly se plante devant eux, regarde les trois crapauds en plaquant ses battoirs sur le plexiglas.

— Faut-il que j'entre pour vous dire de vous taire ?

— Ouais ! C'est dégueulasse chef de poste... c'est vrai quoi ! dit l'un des trois en s'asseyant. L'autre, sur le banc reste muet. Sa femme vient d'être hospitalisée pour un voile qu'elle refusait de porter.

Un vent de folie annonce la tempête. Une voiture part en trombe vers la gare RER. Une personne vient de se jeter sous un train.

— Vous venez lieutenant ?

Me voilà aspiré par le second équipage. La mort m'appelle, je roule vers elle sirène hurlante. J'ai participé à l'inauguration de cette gare RER. L'architecte la souhaitait transparente. Pourtant, la froideur de sa structure me glace en arrivant. Les câbles en acier chuintent au vent. Comme un chant envoûtant, ils marquent les visages que je croise et ferment le mien. Mes mains froides poussent le tripode gelé. L'escalator craque dans son interminable ascension. Hormis trois pompiers présents sur place, deux gardiens glanent les premiers renseignements. Le quai est désert.

— Par ici, lieutenant, suivez-moi ! dit l'un de mes collègues.

Au milieu du quai, un sac tout bleu aux anses rabattues semble perdu.

— C'est celui de la victime, on n'y a pas touché, me précise-t-il.

Je longe la voie. Mes yeux roulent sur les rails. Si le gardien de la paix ne s'était pas arrêté pour me la montrer, je crois que je serais passé à côté. Elle gît là, face contre terre comme une poupée abandonnée entre deux ballasts, sa robe couleur chair chiffonnée, noircie de graisse, déchiquetée par des cailloux acérés recouvrant la voie, les pieds nus, blonde, frisée, la nuque dégagée. Le train a sectionné ses membres, brûlé toute trace de sang, avalé ses souliers, soufflé sur sa vie, comme le vent soulève maintenant ses lambeaux de tissu. Le gardien me tend son sac. J'ouvre son portefeuille comme on entre dans sa vie. Quel étonnant visage, sur sa pièce d'identité ! Un ange souriant bouclé d'or aux yeux de saphir. Parmi d'autres photos, je m'arrête sur celle d'une petite fille au même sourire qu'elle... Sa fille ! La mort frappe encore. L'auteur insaisissable du meurtre est présent. Son ricanement balaye une poussière invisible qui me pique les yeux.

— Composez-moi ce numéro, dis-je en sortant une carte de visite professionnelle. S'il s'agit de son ami, vous me le passez.

— J'y vais de suite. Au fait, lieutenant, ce voyageur en train de parler au collègue a été témoin de la scène.

À quelques pas, un homme d'une quarantaine d'années, vert comme son imper, tremble en s'exprimant, le regard terrifié.

— Lieutenant ! Lieutenant ! J'ai son ami au bout du fil.

Je prends le téléphone, bouleversé.

— Que se passe-t-il, monsieur ?

— Votre femme a eu un... accident.

— Mais qui êtes-vous ? Où est ma femme ? Comment ça, un accident ? C'est plus grave que ça non ? Vous ne me dites pas la vérité... ne me dites pas... Oh ! Mon Dieu !

— Je suis désolé.

Un hurlement me déchire le tympan. Un grand bruit... comme s'il venait de jeter son téléphone, puis plus rien. Je l'appelle encore une fois, plus fort.

— Dites-moi où vous êtes, j'arrive, hoquette-t-il.

— Non monsieur, on va venir vous chercher...

J'envoie une voiture sur le lieu de travail de l'ami.

12

Une tornade a dévasté le bureau pendant mon absence. A priori, George n'a pas dompté la bête qui se trouvait sur le banc. Tout est sans dessus-dessous. Des procès verbaux évadés de dossiers éventrés se mélangent au raz-de-marée de papiers dont la blancheur tapisse le sol. La lampe pendue à son fil, renversée, éclaire le faux plafond, les chaises, retournées aussi. Un vrai bordel que George, accroupi comme un crabe, rassemble par petits tas.

— Tu fais du rangement ?

— On peut dire comme ça ! dit-il en relevant la tête.

— Qu'est-ce que t'as à l'œil ?

— À ton avis...

— Tu t'es battu avec l'autre ?

— Ah bon ! À quoi tu vois ça ? Remarque, tu peux te foutre de moi, t'as vu ta tronche, face de craie ?...

— Elle était si jolie, George...

— Tu vois, je veux bien tout faire dans ce métier, même le ménage s'il le faut, mais la mort, je ne peux plus. Trop, c'est trop, Putain ! Tu ne m'aides pas à ramasser, là ?

— Non. Je dois entendre le petit ami. Faut que je me reprenne, que je me reprenne...

— Attends ! confie-le à Luc. Ce gros fainéant n'a rien d'autre à foutre. Il peut au moins faire ça.

Le gros Luc somnole au premier étage et passe son temps à faire des réussites sur ordinateur. Toujours un dossier devant lui, dès fois qu'on le surprenne ! Il ne décolle le cul de son siège que pour boire un café ou pour uriner. Il faut le voir pivoter comme une barrique, un coup à droite, un coup à gauche, et dans l'élan réajuster sa ceinture qui tombe par-dessus son bidon. Une fois lancé, on ne l'arrête plus. Il défonce tout sur son passage. Les portes tremblent, les serrures sautent souvent, car il est de plus, myope et maladroit. À deux ans de la retraite, le vieux n'attend plus qu'elle. Pas une journée ne se passe sans qu'il nous bassine avec ça. Je monte le voir. Il accepte sans rechigner de recevoir l'ami de « boucle d'or ».

Le soir venu, je vais prendre une bière avec George, histoire de remettre nos pendules à l'heure. La troisième brouille nos esprits sur un tapis d'argent, il s'imagine le gagnant du loto et m'emmène sur son île. En rentrant chez moi, je trouve Gathy et maman couchées toutes les deux dans le canapé déplié de la salle à manger. Je me dirige droit vers ma chambre et m'effondre sur le lit.

Au réveil, je croise Agathe dans le couloir. Elle s'enferme dans la salle de bain en claquant la porte. J'avance vers la cuisine, mets un café à chauffer puis débarrasse le bol traînant sur la table. Trois pétales de maïs gorgés de lait se délitent sous le robinet. Ce matin, je marche au radar. En me retournant, je trouve un petit mot de maman sur la porte du frigo qui me rappelle que je dois faire « un tchec por la cantina de Agathe ». Un de plus qui va creuser le découvert à la banque, me dis-je en touillant le café. Tous les quinze du mois, je suis dans le rouge. Les intérêts sur le crédit revolving m'assassinent. Vivre sur une paye, c'est comme jouer à la marelle. On progresse à cloche-pied en espérant, un jour, atteindre le ciel sans se planter.

Agathe vient se caler entre mes jambes, une brosse à la main, attendant que je la coiffe. Elle pose ses mains sur mes genoux en s'appuyant dessus, consciente d'interrompre mon petit-déjeuner.

— Reste un peu tranquille, lui dis-je en la voyant sautiller sur la pointe des pieds. Tu ne vas pas avoir froid sans pull ?

— C'est mamie qu'a choisi mes vêtements...T'as vu mes cheveux ! Y a pas un nœud, hein ! Même que mamie m'a dit en les coiffant que tu rentrais bien tard en ce moment...

— Qui pense ça, mamie ou toi ? dis-je en lissant une chevelure ruisselante de lumière.

Elle ne répond pas et prenant mes jambes pour des barres parallèles, Gathy plie les siennes, cherchant l'équilibre à la force des bras.

— Arrête Agathe ! Tu veux que je te fasse une queue de cheval ?

— T'es rentré bien tard hier ! affirme-t-elle d'un ton péremptoire en basculant d'avant en arrière.

Je la déséquilibre en écartant mes jambes afin de capter son attention.

— Tu ne m'as pas répondu Gathy, alors ?

Trouvant ce jeu amusant elle sourit et me répond :

— Non, pas de queue de cheval. Tu sais, ajoute-t-elle en se balançant à nouveau, mamie aussi était inquiète.

— D'accord, j'aurais dû appeler, c'est vrai... Mais tu sais, le boulot...

— Papa ! Quand est-ce que tu m'achètes mon sac Eastpak ?

— On verra ça le mois prochain. Tiens, vas ranger la brosse !

Je trempe ma tartine dans un bol de café tandis que Gathy, bras croisés, mange devant moi.

— Encore ! Mais tu dis ça à chaque fois. Toutes mes copines en ont un, sauf moi ! J'suis la seule à avoir un cartable tout moche, tout vieux un... un vrai cartable de bébé. C'est vrai, quoi !...

— Chérie, je dois payer ta cantine. On verra le mois prochain, d'accord ?

— De toute façon à la cantine c'est dégueulasse, alors...

— Bon, range ta brosse, on doit partir à l'école.

Je tire Gathy par la main pour sortir de l'immeuble, tenant de l'autre son cartable pourri. Nous traversons la rue, je consulte ma montre, fouille dans ma poche, sors les clés de la voiture. À peine suis-je installé au volant que l'audacieuse en profite pour s'installer côté passager.

— Je peux... s'il te plaît papa ?

— Tu retournes immédiatement à ta place, tu t'attaches et tu ne discutes pas !

Furieuse, Gathy claque la porte, saute à l'arrière sur son rehausseur en grommelant je ne sais quelle ineptie sur sa mère, Barbara !

Je remonte la rue Caulaincourt bordée de marronniers. Leurs troncs puissants s'érigent droits comme des colonnes. Chaque façade d'immeuble disparaît derrière les branches enchevêtrées. J'avance dans la nef principale d'une église couverte d'un vitrail vert émeraude dont chaque feuille diaphane étincelle au vent. Ici, tout brille, des pointes fléchées à l'or fin des grilles du jardin aux trottoirs mouillés chromés par le soleil. Personne ne crache dans les rues, pas un crapaud ne traîne ni de bandes squattant les halls. Devant les portes closes de l'école, parents et enfants patientent.

Je me gare en double file et descends aider Gathy à enfiler son cartable rose, puis l'embrasse en lui disant que mamie viendra la chercher ce soir. Elle s'éloigne, indifférente, plus préoccupée à chercher ses copines qu'à se retourner sur son père. Son ingratitude me renvoie à mon propre égoisme. Je regrette la bière d'hier soir, le petit-déjeuner gâché, les mots câlins, le geste doux que je n'ai pas su donner. On passe trop de temps avec les autres et pas assez avec ceux que l'on aime. La séparation fait mal, forcément. Et durant cette fraction de seconde, j'ai le sentiment d'abandonner ma fille en voyant Gathy rentrer à l'école.

Je monte dans la voiture. La rupture devient brutale à l'entrée du périphérique. Il me stresse moi, le périphérique où il faut regarder partout, se méfier de tout, anticiper sur tout. De plus, ça pue, c'est moche et bruyant. Soudain, la radio diffuse la bande originale du film *Ghost*. Barbara adorait ce film. Et j'ose croire qu'au royaume des cieux, cet ange m'envoie des signes, comme aujourd'hui. Je me passe le DVD en boucle lorsqu'Agathe va chez une amie. En regardant ce siège vide côté passager mes souvenirs s'éclaboussent de sang. Le sien, partout dans la voiture, sur mes mains, mes vêtements. Un accident, un choc violent avec un véhicule qui n'a pas observé le stop, et ce corps sans tête sur le capot... Ma femme n'avait pas sa ceinture. Agathe était chez mamie et nous allions la chercher. En me l'arrachant, la vie m'a coupé les ailes.

J'arrive au commissariat où Kaly m'apprend que Charlie le rongeur a déserté son poste. Je réagis mal.

— Comment ça, déserté ?

— Bah ! Ça fait longtemps qu'il se dit malade et qu'il prend du sirop. En vérité, il boit. Jusqu'à présent, il le gérait bien, alors je ne disais trop rien. Ce matin, en arrivant, je l'ai un peu secoué. Comprenez ! Il était bourré. Alors, sans prévenir, il est parti.

— Avec son arme ?

— Oui. On a appelé chez lui ainsi qu'au bureau de sa femme. Pas de nouvelles.

— Je vais aller chez lui.

— Qu'est-ce que je dis à sa femme ? demande Kaly.

— Qu'elle nous retrouve chez elle.

Je quitte la ville en uniforme dans une voiture de police pour la première fois. Franchir ainsi les limites géographiques, c'est comme changer de pays en laissant quelque chose derrière soi. La contrainte se dissipe à mesure que l'on s'éloigne de son lieu de travail. La verdure prend le pas sur le béton. On tourne à droite, on quitte la départementale. L'asphalte coule comme une rivière à travers champs, disparaît dans le virage, serpente et se jette dans un paquet de maisons, tout au fond, là-bas vers ce village. Les sillons nous guident, tous dans le même sens et me donnent le vertige. Sur la pointe de l'église, un coq sombre surveille la place puis virevolte. La cloche assourdie par le vent balance un chant muet. Des rafales hérissent des arbres squelettiques aux branches grelottantes, soulèvent la poussière dans un tourbillon de feuilles bruissant au firmament. L'angélus résonne dans une rue étroite où un chien aux oreilles pendantes et à la queue coupée trottine en nous ignorant. Les habitations se font face, collées les unes aux autres et ne dépassent guère un étage. Dans l'entourage des fenêtres tantôt bleu, vert ou blanc, des visages se collent aux carreaux sur notre passage puis se cachent quand on les regarde. On pourrait enjamber chaque fenêtre pour entrer à l'intérieur. La voiture ralentit sa course, s'arrête au 12, rue des Tonneliers où vit le Rongeur. Une lourde porte souffre sur ses gonds affaiblis qui grincent quand on la pousse. Derrière, un tunnel sombre débouche sur une courette à ciel ouvert recouverte de pavés grossiers qui semble abandonnée aux mauvaises herbes. Une odeur composite de bois moisi et de champignon emplit mes poumons et me rappelle ces vieilles caves dans lesquelles je m'amusais petit. Mais là, je ne joue pas. Je frappe à la porte. J'insiste en tapant plus fort. Toujours rien. Je l'appelle maintenant en cognant du poing. Face à ce silence angoissant, le poids de l'arme, des menottes qui s'agitent, me pèse. L'uniforme aussi. Je crains le pire.

— La fenêtre lieutenant... par la fenêtre ! crie mon chauffeur depuis la rue.

Je tape au carreau espérant voir apparaître un museau. Mais un rideau de dentelle ne laisse rien passer. Immobile, il renvoie mon image, comme celle d'une vieille regardant de l'autre côté. Accoudée à la fenêtre du premier, la grand-mère en blouse bleue nous observe.

— J'ai déjà appelé les pompiers. On a l'habitude avec lui.

Elle se redresse, comme surprise d'avoir trop parlé et tire d'un coup sec sur le voilage qui la fait disparaître. Au loin, une voiture de pompiers arrive en trombe. Amusées par la sirène, des têtes sortent du mur. Chacune sur leur perron, les commères impatientes, attendent l'arrivée de la deux-chevaux break rouge. Elle bloque la rue. Le fanal bleu de son gyrophare attire les vieilles paparazzis en tablier, excitées. Un gros et grand bonhomme au casque rutilant s'extrait du véhicule.

— Encore lui ! lance-t-il d'une voix grave, sous sa grosse moustache brune.

Personne ne s'étonne. Il sort une barre de fer du coffre et se dirige vers nous, le visage joufflu, étreint par un casque trop petit piégeant son nez et sa bouche charnue dans un repli de chair. Il nous salue d'un hochement de tête, arme sa barre et brise un carreau sans mot dire. De l'autre côté du trottoir, le chuchotement des grands-mères cesse lorsque, d'un tour de poignée j'ouvre la fenêtre, libérant d'un coup la tiédeur de la maison, empestée d'alcool. Sur un guéridon, une bouteille renversée touche du goulot un verre vide.

Il est là, recroquevillé sur un canapé pourri. Je me précipite vers lui, le secoue, l'assoie et le gifle. Un gémissement baveux dégouline de sa bouche. Il vit.

— Il est défoncé ? me demande mon chauffeur tout tremblotant.

Incapable de le maintenir assis, son corps flasque tombe comme une guimauve. Le pompier pouffe de rire en rejoignant ceux qui nous épient. Je ferme la fenêtre au moment où sa femme arrive, feint de ne pas nous voir, appelle une ambulance dont elle connaît le numéro par cœur, et tire du haut d'une armoire située dans le couloir un sac de sport qu'elle jette à terre. Elle l'aurait bien piétiné. Peut-être même aurait-elle crié, pleuré, craché dessus. Mais, le maudissant du regard, elle se contient. Mon chauffeur me fait signe. Je ne sais que lui dire.

Le Rongeur vient de bouger. Un meuglement l'extirpe de sa torpeur. Son épouse relève la tête, dégage une mèche brune qui la gêne et essuie ses yeux bleus qui ne coulent plus. La douceur de son visage s'écaille. Glissant d'une pièce à l'autre, elle complète un sac de vêtements d'une trousse de toilette en soliloquant :

— Il en cache partout, dans la chambre, dans la cheminée et même derrière les toilettes. Je n'en peux plus. C'est un calvaire. Il est malade, il est malade...

— Excusez-moi... je me présente, Lieutenant Dan et voici mon collègue Vincent Peunot. Désolé pour le carreau, je pensais que... enfin... Puis-je vous demander où votre mari cache son arme ?

— Oui, je vous l'apporte de suite.

Nous partons avec l'ambulance sous les regards cyniques du village. À l'hôpital, sa femme paraît soulagée. Un brancard emmène le Rongeur.

— Il n'était pas comme ça au début, dit-elle en le regardant partir ; Pourtant, sa mère m'avait prévenue. Mais je ne voyais rien. Si, dans les soirées ! Mais rien de choquant, on buvait tous, on s'amusait ! Lui peut-être plus que les autres, c'est vrai. Après, avec le temps, il prenait un apéro à la maison, tout seul, puis deux et même trois quand quelque chose ne tournait pas rond. Moins ça tournait rond, plus il buvait. Et puis, il y a eu la mort de son père...

Un médecin nous rejoint dans la salle d'attente. Son mari va bien. Il dégrise. Dès qu'il tente de lui expliquer les démarches à suivre, la femme du Rongeur lui coupe la parole.

— Je sais, docteur. Il faudra lui trouver un centre. L'assistante sociale de votre hôpital nous connaît bien.

Je suis gêné, comme mon chauffeur. Nous nous observons en nous demandant que faire de plus.

— Si vous avez besoin de quoi que ce soit, dis-je

— Oui, merci...

Un silence la replonge dans ses pensées. On ne peut la laisser ainsi, toute seule, il va bien falloir qu'elle réagisse. Bien ! Tant qu'elle ne réagit pas, on ne bouge pas. Mon chauffeur grimace, je ne sais quoi faire de mes mains. S'il faut attendre la fin du dégrisement, nous ne sommes pas sortis de l'auberge ! Soudain, une dame entre dans la salle d'attente. La femme du Rongeur, en pleurs, se jette dans ses bras. Elle l'appelle Christine. Et par-dessus son épaule, Christine nous libère d'un regard compatissant. Le trajet m'endort.

De retour au poste, je file droit au bureau. Dans l'embrasure de la porte, je m'arrête pile. George, désespéré fait face à un tas informe qui me tourne le dos. La Pintade ! La pouffe, la folle est revenue ! Je referme précautionneusement, tout en savourant l'air constipé de mon vieux George.

À lui de se la farcir, me dis-je en montant voir le chef. Pour une fois, lui rendre compte me fait du bien. Cette histoire, lui pose visiblement un problème. J'attends debout, sans qu'il m'offre un siège, le vois mordiller la branche de ses lunettes, et tout en nettoyant ses verres, il m'annonce magistralement que le Rongeur est en congé maladie. Voilà. Il les rechausse satisfait de sa réponse. En redescendant, je retrouve Kaly bien ennuyé.

— On n'attend pas qu'une bombe explose pour aviser sa hiérarchie, lui dis-je, car ce qu'on planque finit toujours par vous péter à la tronche.

Kaly accuse le coup. Il était venu me dire que la femme du Rongeur avait trouvé une cure pour son mari et qu'elle nous remerciait. Je pars chercher deux cafés.

George en a terminé avec la Pintade.

— Si tu te marres, je te casse la gueule, me menace-t-il.

— La tarte à la crème, mon pote, dis-je en posant le gobelet de café sur son bureau. La tarte à la crème !

— Bon ! La prochaine fois, ce sera le tour du chef.

— Tu ne vas pas oser.

— Je vais me gêner. Le coq de la basse-cour, c'est lui, non ! On va la lui foutre dans les pattes. Je le trouve triste en ce moment. Quelques gloussements dans son bureau lui feront le plus grand bien ! Et, qui sait, ils nous feront peut-être des petits !

13

Ce soir, pas de surgelés. Jour de fête ! Nous dînons chez maman. Elle va encore en faire pour dix, m'en mettre trois fois trop dans l'assiette, me dire que j'ai maigri, que j'ai une sale mine et que je devrais me reposer, mais je l'adore. Maman traduit la force de son amour en nourriture. L'excès me gave. Je la vexe souvent à la fin du repas lorsqu'elle me sert du gâteau au chocolat pour la deuxième fois, usant presque du chantage.

— Mange ! Sinon je vais devoir le jeter. Tu sais, je l'ai fait pour toi !

Et en partant, elle m'en remet quelques parts dans du papier alu, histoire de ne pas manquer. Ma mère a connu la faim et manqué d'amour, ce qui ne l'a pas empêché de m'aimer. Trop peut-être, car maintenant, mon veuvage l'inquiète. J'ai beau lui dire que je ne suis pas le seul dans ce cas, rien n'y fait. Elle pense me rassurer en évoquant mon mauvais caractère. Là encore, elle me flatte ! Pour ma mère, je demeure son enfant de neuf ans. Ce qu'elle ignore : l'adulte qui se regarde dans le miroir chaque matin se déteste. J'abhorre mon image, je hais ce visage. Les autres m'ignorent et je ne m'aime pas, ce qui tourne en boucle dans ma tête. Je tourne aussi en rond dans mon appart sur *Imagine* de John Lennon et cela me rend fou. Peut-être faut-il commencer par s'aimer d'abord pour aimer l'autre ensuite. Mais j'ignore comment. Toute ma vie, ma mère l'a fait pour moi.

À trop gamberger, j'en ai oublié le pain : je remonte la rue Seveste, vers le marché Saint-Pierre. Le pain, c'est bien un truc de mec qui fait partie des tâches que l'on exécute sans renauder. À la maison, le pain servait de prétexte aux jeux. Papa en profitait pour parier aux courses de chevaux, revenait sans un sou, plein d'odeur de clope, la baguette à la main, ce qui donnait lieu à des disputes interminables. Jusqu'au jour où il l'a oubliée. Cette fois, j'ai cru que papa allait en venir aux mains. Rouge de colère, il rétorqua à maman, hurlante, vociférante, qu'il valait mieux jouer que picoler... Ce jour là, je n'ai pas vu de différence. Depuis leur divorce, il lézarde dans le sud, près de Perpignan, où selon lui, il aurait trouvé le soleil. Il faut avoir le cœur bien froid pour prétendre cela. Il n'empêche que depuis leur séparation, ils s'entendent bien, s'appellent peu, se voient rarement.

— Regarde papa ce que mamie m'a acheté !

Un Eastpak bleu marine qu'Agathe porte fièrement sur son dos.

— Pourquoi as-tu fait cela, maman ?

— Ecoute... depuis le temps qu'elle le voulait.

Lisant la gêne sur mon visage, maman poursuit :

— Et puis, tu sais, ça ou autre chose... Toi, t'as payé la cantine. Allez, enlève ta veste, on va passer à table. Je vous ai préparé un filet mignon avec des petites pommes de terre, vous m'en direz des nouvelles.

14

De bon matin, on nous amène l'auteur d'actes sexuels commis sur une mineure de quatorze ans. Les parents de la victime viennent de déposer plainte. Son professeur particulier de mathématiques serait mis en cause. Ils se connaissent depuis cinq ans. George m'a rejoint. Nous avons le sentiment que cette procédure a pour seul but de déculpabiliser les parents, car la gamine est consentante. Mais les confidences d'une fille à sa mère viennent de déclencher un tourbillon d'horreur chez deux parents choqués, assis devant nous.

Le père a quarante-cinq ans, la mère cinq de moins. C'est leur fille unique. Lui, cadre supérieur dans une banque, est plutôt grand et filiforme. Elle, petite et rondouillarde, ne travaille pas. Il a le visage fin, oblong, les cheveux noirs, courts, aux tempes grisonnantes. Ses yeux petits et rapprochés ont la couleur de son costume prince de galles. Un seul trait de crayon suffit à mettre en évidence les grands yeux marron de son épouse aux cheveux noirs, coupés au carré, passant derrière les oreilles au bout desquelles pend une perle grise. Elle porte une veste noire sur un pull rouge à col roulé. Le père cache ses mains en croisant les bras, puis se les frotte l'une contre l'autre pour en évacuer la moiteur et pour finir, les dissimule dans les poches de sa veste. Elle, assise à la droite de son mari, se mordille l'ongle du pouce. George leur explique le déroulement de la procédure. Avec leur consentement, il décide d'entendre seul l'enfant qui attend dans le couloir. Poussée par l'autorité paternelle, deux petites semelles semblent patiner à reculons. George trifouille nerveusement son stylo. Et sous l'encadrement de la porte du bureau, une fille brune, tête baissée, cachée au creux de ses mains attend qu'on lui dise d'entrer. Par pure inconscience, les parents l'envoient à l'échafaud. L'humiliation est suprême. Je pense que George dont la mine devient grise partage ce sentiment : celui d'être un bourreau de l'innocence. Il l'invite à s'approcher. Sa voix chaude dissipe les craintes de la gamine qui s'avance vers lui. Alors sous ses fiévreuses convictions l'odeur de George se diffuse et transporte mon Sens. Pénétrant le musc de son parfum, il traverse la sueur acidulée qui s'y mêle pour s'enfoncer dans la douceur sucrée de son enfance.

George doit avoir quatorze ans. Une fille guère plus âgée le regarde. Les rideaux tirés tamisent la lumière pénétrant dans la pièce. Noyé dans l'outremer de ses yeux, George glisse sa main dans l'éclat noire de sa chevelure. Elle l'invite au désir en s'humectant les lèvres, exquises comme la texture d'une cerise étincelante sous des reflets d'ivoire. Ils s'embrassent. George soulève son pull. Les bras fuyants de la fille laissent découvrir un soutien-gorge en coton blanc qu'il tente de dégrafer. Elle lui ôte son chandail avec plus d'ardeur. Leurs torses s'épousent, tandis que George s'exerce sur la rondeur de son épaule. L'agrafe lui résiste, mais les doigts experts de la fille l'aident. Elle relève la tête, laisse tomber son soutien-gorge pour voir briller dans les yeux de George le plaisir qui la brûle...

— Tu peux nous laisser seuls, Dan, s'il te plaît, me demande George.

Il me faut quelques secondes pour réagir. À l'étage tout le monde ne parle que de cela. La clique s'est réunie dans le bureau du gros Luc que j'ai rejoint. Il fait aussi du café, le gros Luc. Autour des tasses, sous les néons qui palissent les visages cernés des collègues, les arguments s'élèvent. Les cendres de cigarettes des uns rougissent pendant que d'autres parlent. Le débat s'anime, s'enfièvre, il n'y a plus de flic. Père de famille ou célibataire, chacun y va de son vécu se renvoie la balle comme une partie de ping-pong, frappant plus fort sur l'autre avec de grands gestes pour mieux convaincre. La discussion s'essouffle. Comme souvent, les cigarettes s'écrasent dans le cendrier, d'une gorgée, on avale son fond de café pour repartir bosser.

George, contrarié, se frotte le sommet du crâne en relisant le procès-verbal de la petite.

— Tu te rends compte Dan. Il m'a fallu l'envoyer à l'hosto pour passer un examen gynécologique. Bordel ! Bordel de putain de procédure de merde.

Ils me font chier ses parents. Ils les laissent tous seuls un week-end et ces messieurs-dames partent à la campagne ! Je te jure ! Tu comprends, ils me font chier, dit-il en jetant l'audition de la petite.

Sortant une cigarette, il tire une longue bouffée, s'écrase dans son fauteuil en examinant ses ongles.

— Termine ton clope. Je m'occupe du mec si tu veux, lui dis-je.

Mon appétit trop aiguisé se désole devant la maigreur du prétendu agresseur sexuel. Planté entre nos deux bureaux, il ne sait qui regarder. Pas très grand et voûté il porte un blouson noir rétro, un jean, des baskets dont la boucle d'un des lacets est défaite. Du haut de ses vingt-cinq ans, on dirait un gamin, ainsi coiffé, le cheveu en pétard, plutôt fin, son teint aussi gris que son pull usé à col rond. Il s'assied à côté de moi. D'un clin d'œil, je l'incite à s'approcher davantage. Mais la proximité n'éveille pas mon Sens. Alors je me lève, cherchant derrière lui un angle d'attaque qui me permettra de le piquer. Tête droite, ses yeux balayent les angles comme deux essuie-glaces sous une trombe d'eau. Un coup de tonnerre retentit alors jusque dans le hall et le fait sursauter. Ma main vient de claquer le bureau pour lui hurler à l'oreille les raisons qui l'ont poussé à coucher avec elle. George, surpris, époussette la cendre qui vient de tomber sur sa chemise. La peur s'empare du gamin. Des gouttes dégoulinent du front sur son visage tremblant.

Aspiré dans sa pupille vibrante, mon Sens m'emmène enfin, des images éparpillées me parviennent :

Nue, allongée sur un lit, elle a les yeux fermés. Ses bras s'épanouissent du plaisir de le ressentir entre ses jambes...

Le gamin nie tout. Comme un dompteur, fouettant son mensonge, je le claque à coup de détails laissant George sans voix. Je l'isole, l'enferme, et sur l'ultime image d'une fellation, le pourchasse. Oui, il y a eu fellation. Convaincu que sa copine est passée aux aveux, il capitule. La confession pénale s'achève. Cette fois, une vive douleur, égale à celle d'une décharge électrique, me foudroie en pleine poitrine. Mon cœur bat fort, secoué par l'amère victoire.

George l'est pour d'autres raisons. Il me faudra lui mentir. Il sort vexé du bureau en suivant les deux fonctionnaires qui ramènent le gamin effondré. Je parcours l'audition de la gamine. Elle couvre son ami pour sauver son amour. Le Parquet décide de le déférer. Je le dis à George qui vient de rentrer un café à la main. Il jette le rapport gynécologique sur mon bureau sans me répondre.

L'hymen de l'enfant n'a pas été affecté.

— J'imagine que tu le savais ça aussi !

— T'énerve pas, George !

— Bordel ! Je serais curieux de savoir qui t'as mis au courant. Comment tu pouvais savoir tout ça ? Hein ?

— Quoi, les parents ?

— Euh ! Parce que tu crois que la fille allait tout te dire ? Elle l'aime, Georges ! Pendant que tu l'attendais, j'ai pris la mère à part dans le couloir. Elle ne voulait rien savoir. Quand je lui ai dit que son prof de maths particulier allait s'en sortir les fesses propres, là, je peux te dire qu'elle m'a tout balancé dans les moindres détails. Le reste, tu connais...

Georges fronce les sourcils. Je déteste mentir. Cela ressemble à une bouillie que l'on donne à un enfant. On trouve ça chaud, on souffle dessus, puis on ouvre la bouche en lui faisant croire que c'est bon. Son visage se détend, la grimace disparaît.

— Tu me fais chier Dan, t'aurais pu me le dire avant, merde !...

Le soir, je rentre chez moi. Je vais dans ma chambre, passe par le salon en allumant toutes les lumières. Je me sens mal. Vide comme la pleine lune éclairant la nuit sans pouvoir la chauffer. Dardée par le soleil, l'orgueilleuse exhibe sa face et rêve de scintiller. Je ne vaux guère mieux. Devant ma fenêtre, je bois un verre de whisky porté sur un air de Scarlatti, *Caldo Sangue* . Je me sens si mal à l'égard du gamin. George a eu beau me dire que nous avons fait notre travail, il n'empêche que j'ai le sentiment d'avoir commis un sacrilège.

Gathy sort de sa chambre, ses cahiers à la main. J'éteins la musique. Elle doit réviser, en géographie, les fleuves et les montagnes de France. Je m'empresse de vider le reste du whisky dans l'évier de la cuisine pour l'écouter.

— Oh !... Mais papa, suis un peu, sur le cahier, là, regarde.

Assis sur un coin de table dans la cuisine, je lui réponds :

— Mais je suis, ma chérie, je suis... Alors, comment s'appelle la chaîne de montagne en bas et à gauche ?

— Mais non, pas comme ça ! J'te montre avec mon doigt sur la carte et sans regarder, je dois te dire le nom du fleuve. Après, on fera les montagnes.

— D'accord, vas-y, je t'écoute.

Je m'émerveille en la voyant s'agiter devant moi. Concentrée sur la Garonne, Gathy se recule, revient sur la carte en désignant de l'index, sans l'ombre d'une hésitation, le fleuve situé au-dessus.

— Là, c'est la Loire, puis la Seine et ici le Rhône. Arrête papa ! Tu ne regardes même pas !

Effaçant mon sourire béat, je plonge sur son cahier.

— Mais si, mais si... C'est parfait. Et les montagnes alors ?

— Bah là tu vois il y a les Vosges... le Jura... les Alpes ici... le Massif central là...

Un appétit surgit au fond de mes entrailles, chatouille mes dents. L'envie de croquer sa peau de pêche m'inonde les yeux. Je vois les siens, grands, bleus, dévorer la carte de France. Son visage s'affine et ses doigts épluchés de petites peaux rougissent le pourtour d'ongles rongés. Agathe ressemble à sa mère, surtout quand elle se frotte le bout du nez comme elle vient de le faire. Tassé dans l'âge, mon trésor, je te regarde grandir imprégnée d'une odeur de colle et de crayons en bois dont l'enfance se parfume. Je la respire.

— Voilà papa ! dit-elle en rangeant son cahier dans son cartable, je peux allumer la télé ?

— Tu as pris ta douche ?

— Bah oui ! Je suis en pyjama, hein...

Je sors du congélateur un plat que je fourre dans le micro-onde le temps de prendre une douche. Ce soir, lasagnes à la normande !

Dans la salle de bain, je colle mon nez sur le miroir pour faire sauter deux, trois points noirs, ce qui libère l'esprit et dégraisse le pif. Et là, le choc. L'ineffable réalité me fait reculer. Je me vois vieillir d'un coup. L'âge coule sous les poches de mes yeux. Je tends ma peau en me rapprochant du miroir, la relâche ; elle s'ourle d'un pli tracé par le temps. Des petites rides, des estafilades en quantité effrayantes, invisibles jusqu'à présent, blessent l'image intemporelle que j'avais de moi.

Je viens de m'enfiler les trois-quarts du plat de lasagnes. La vérité creuse. Gathy n'avait pas faim. Mais en apportant sur la table le moelleux au chocolat de maman, j'ai compris pourquoi.

15

Ce matin, un rideau de lumière oblique traverse le bureau, tel un océan poudreux dans lequel des paillettes flottent dans l'air par centaines.

— Lieutenant ! me dit un gardien qui le traverse.

— Oui, fis-je surpris.

— On a besoin de vous. Un homme retranché chez lui menace de se tuer. Il serait armé d'un couteau.

Je prends mon arme, une radio et nous voilà partis. Sur place, les pompiers ont hissé l'échelle. Un bras secourable de douze mètres pointe une fenêtre au sixième étage d'un immeuble.

— C'est pas la peine, dit le capitaine des pompiers. Impossible d'y accéder par l'extérieur. Le mec menace mon gars avec un couteau. Il ne peut pas entrer.

— Et par la porte ?

— J'ai envoyé une équipe la défoncer. Ils vous attendent.

— Attendez ! Il y a un type qui prétend être son psy.

Caché derrière le bon mètre quatre-vingts du pompier, un petit homme rachitique aux cheveux gris frisottants surgit.

— C'est mon patient. C'est moi qui vous ai appelés. Je l'écoute en enfilant un gilet pare-balle. Il souffre d'une paranoïa aigue et on doit agir avec la plus grande prudence, précise-t-il en tartinant son crâne dégarni avec une mèche rebelle. Je me présente, docteur Ber. J'ai sur moi ce qu'il faut pour le calmer.

— Suivez-nous.

Les gens s'agglutinent sur le trottoir d'en face. Tous regardent le sixième. Dans le hall, on entend cogner. Les coups de masse s'amplifient à mesure que nous montons l'escalier. La rampe vibre, les marches tremblent. L'air manque sur le palier, on respire fort.

— Ça y est ! crie un collègue. Les pompiers en sueur s'écartent de l'entrée.

Un homme nu dans la pièce sombre nous attend les bras levés au ciel. Dos à la fenêtre, le matador semble crucifié à travers un filet de lumière.

— Je suis prêt, crie-t-il.

Une main me pousse, on l'encercle. L'homme immobile roule ses yeux en nous suivant du regard. J'attrape son bras et lui balaye ses jambes. Il ne pose qu'un genou à terre. Quelqu'un hurle :

— Couche-toi ! Son couteau ! Putain ! Son couteau !

L'homme nu se convulse, se débat, son corps transpire. Le bras m'échappe. Je reçois un coup sur le côté gauche. Un collègue parvient à le bloquer au sol.

— Tirez-moi ces rideaux ! dis-je.

Le psychiatre se précipite, une seringue à la main.

— Bouge pas, papa est là, tout va bien, dit-il en lui injectant le sédatif.

La lumière du dehors illumine une pièce maculée de sang. Pas un endroit de sa peau n'y a échappée. Il est taillardé de partout. Mon collègue se tient l'épaule.

— Qu'est-ce que tu as, bordel ? lui dis-je.

— Je me suis pris un coup, répond-il, blanc comme un linceul, sa main dégoulinante de sang.

— Un blessé, merde !

Le coup de lame que j'ai reçu me coupe soudain le souffle. Je m'écroule...

— Restez tranquille, on vous amène aux urgences. Tout va bien se passer maintenant.

Je reprends connaissance dans le camion de pompiers. Le capitaine me tient l'épaule.

— Mon collègue ?

— On s'occupe de lui, tout va bien, calmez-vous.

Je referme les yeux, mais j'ai soif.

***

— Voilà, j'ai terminé. Oh ! Vous êtes bien douillet, me lance la souriante interne. Douze malheureux points de suture, il n'y a pas de quoi en faire un fromage. Bon, je vais vous mettre un pansement.

Elle glisse d'un pas feutré dans ses mocassins blancs jusqu'à une armoire en inox, farfouille dans un ruissellement métallique en quête d'une paire de ciseaux, des gazes, une bande adhésive. Les sutures boursouflées me lancent parfois d'un picotement léger. Mais dès que je peine à lever le bras, des coups d'aiguilles s'enfoncent dans mes côtes et m'obligent à le baisser aussitôt. Ficelé comme un rôti, je m'énerve en scrutant ces fils noirs, raides, sortir de ma peau luttant contre l'envie irrésistible de les arracher l'un après l'autre.

— Ça vous démange ? me surprend-elle d'une voix forte.

— Un peu, lui dis-je.

— Ça va durer une bonne semaine, le temps de cicatriser, poursuit-elle en furetant dans chaque étagère le nez plongé dans l'armoire, murmurant : où m'a-t-elle mis l'antiseptique ?

Le grincement soudain de la porte du couloir détourne mon attention. Quelqu'un dans l'entre-bâillement signale au toubib l'arrivée d'un nouveau patient : trauma crânien, entends-je. Elle opine de la tête, referme l'armoire à pharmacie et, munie d'un petit plateau me rejoint. Elle avance candide, semble ailleurs, absorbée dans ses idées en s'asseyant près de moi sur le tabouret.

— Ça devrait piquer un peu, dit-elle en imprégnant le coton imbibé de désinfectant orange.

Par touche délicate elle l'applique sur ma plaie puis en badigeonne le pourtour. Je ne sens rien. Ses mains frêles collent du sparadrap sur une gaze. Mais je ne sens rien. Je la regarde, je m'oublie. Emporté dans une aura voluptueuse, chaude et combien apaisante, elle bouleverse mes repères et m'entraîne aux confins d'une dimension intemporelle. Une suprême liberté irradie soudain la pièce, dissout les murs et les meubles avec. Ça vient d'elle, sûr ! Et chaque détail injecte dans mon cœur l'essence même de sa féminité. L'or de ses cheveux sous les néons platine leurs boucles d'un éclat lumineux. Je m'en nourris, étourdi dans leur volute, m'accroche à ses racines plus sombres, brûlant du désir d'entrer dans sa tête, d'inhaler ses pensées, de respirer sa peau, sa sueur...

— Voilà ! dit-elle en lissant les contours de l'adhésif. Veillez à bien protéger le pansement de l'eau. Et pas de bain durant la semaine.

Des pommettes saillantes, fardées, couvertes d'un duvet transparent surmontent un menton tout rond. Un nez aquilin, une bouche fine, rouge, lisse, acidulée comme un bonbon, elle doit avoir trente ans. Le col arrondi d'un chemisier prune pointe vers sa blouse. Son joli sourire ne pique plus.

Une autre blessure, plus profonde demeure, en revanche. Un chagrin lourd comme une poche purulente sur le cœur qui écrase sa vie jour après jour. Je perçois une image trouble, celle d'un homme au visage doux que la main de l'interne ne peut atteindre. Une inspiration plus forte que les autres m'en détache.

— Vous devriez crever cet abcès, vous savez ! lui dis-je en enfilant ma chemise, du moins ce qu'il en reste.

— Pardon ?

— Je ne pense pas qu'un petit crochet puisse tout cicatriser.

— Je ne comprends pas.

— Ce n'est pas grave. Nous nous reverrons la semaine prochaine !

Je souris, laissant œuvrer la chirurgie des mots et elle, dans une totale perplexité. La chirurgie des mots œuvre. Mon Sens entend parler sa peine aussi distinctement que le cliquetis de mes pas dans le couloir où, à l'instar de Gene Kelly, je m'essaye aux claquettes en oubliant ce que la douleur me rappelle. La main sur le flanc, je rejoins une voiture qui m'attend.

16

Un acte de bravoure s'honore comme il se doit au commissariat où l'assemblée écoute dans l'agora du hall le discours élogieux du chef de service.

Le chef, coincé dans la vie comme dans son costume bleu étriqué, s'applique à répéter en bonne élève un texte dûment appris. Son sourire forcé masque une timidité étouffant sa voix. Mes gars et moi, alignés comme une brochette sur un barbecue, frétillons sous une braise d'applaudissement. L'interminable laïus achevé, chacun y va de ses propres congratulations. Puis de poignées de main en petites tapes sur l'épaule, nous nous précipitons enfin au bar improvisé pour l'occasion. Les coudes se lèvent, les verres se vident et se remplissent dans un brouhaha transpercé par les éclats de rire de mes collègues. Ceux qui étaient présents au feu déchargent leur stress. La même histoire se répète. Des hauts faits de guerre bombardent mes oreilles. J'en ai marre et simule un état de fatigue avancé pour m'esquiver.

Ce soir-là, je passe par la plus belle avenue du monde. La tiédeur de la nuit sillonnée de lumière m'entraîne sur la Concorde. Je me gare. Assis sur les marches du jardin des Tuileries, je contemple, aussi raide que l'Obélisque illuminé, l'Arc triomphant au pied duquel se déroule un tapis d'or et de rubis. Je suis les fibres lumineuses s'enrouler autour de la place. Un carrousel de voiture file et tournoie à l'inverse du temps. Des relents d'images habitant mon esprit me restent sur le ventre. Ces rots de la peur font remonter cette sauce froide et visqueuse qui macère encore. Le goût du sang, l'odeur du souffre font frissonner mon corps, réveillent la signature que la faucheuse a laissé dans ma chair. Quelle chance d'être là ce soir, de respirer l'air de la nuit, de me lever, marcher, déambuler dans la rue Royale et attendre le jour s'éveiller. J'erre ainsi de bar en bar, aime me fondre dans ces coulisses de l'échange. Je m'assieds à une terrasse face à Notre-Dame.

À ma gauche, un couple se regarde en se tenant la main. Ils boivent un coca. Je commande un café au garçon qui passe. En face de moi, quatre types rient aux éclats de leurs souvenirs d'adolescents. Des prénoms de jeunes filles évoquent toute une épopée et relancent une tournée générale de bière.

— Tu te souviens de Claire, dit l'un deux. Elle avait une copine, comment s'appelait-elle déjà ?

— Justine.

— Non pas celle-là, pas la vilaine, l'autre. Oh ! Mais si ! Une brune aux cheveux longs, genre prude, plutôt discrète. On l'appelait comment déjà... GS ! Gros seins !

— Sandrine ! s'écrie un autre, favorisé par un verre de retard.

— Oui ! une sacrée cochonne, celle-là, je peux vous le dire.

Je souris en me souvenant de la théorie du patin, apprise entre copains au square des Abbesses : simulation de langues tournantes avec nos index pour convenir de la bonne vitesse de rotation. Un redoutable apprentissage. Je touille mon café en attendant de me remémorer ma première pelle. La boum constituait le meilleur terrain de chasse. On attendait les slows. J'avais repéré une petite brune aux cheveux courts, pétillante qui portait une jupe bleue à volants. Je ne me souviens plus de son prénom. Je ne crois pas, d'ailleurs, le lui avoir jamais demandé. Je l'ai prise par la taille, elle m'a suivi sur la piste et a posé sa tête sur mon épaule. Ses mains sur ma nuque déclenchèrent mon premier frisson. Sur chaque tour, l'étreinte se resserrait davantage, de sorte que nos têtes, nos joues puis nos lèvres se rencontrèrent. Tout allait bien, jusqu'au moment où il fallut synchroniser la danse et le patin. Là, je me suis mélangé les crayons. Elle m'a repoussé, j'ai ravalé ma gomme jusqu'au fond du gosier et me suis retrouvé seul au milieu de la piste. Mais j'en avais gardé un super goût.

Les garçons de café arrivent en force pour vider la terrasse, s'agitent comme des fous sur un échiquier, déplacent des tours de chaises empilées, prennent les Reines, les couronnent d'une table superposée à une autre, libèrent la place en dix minutes et en moins d'une, suppriment la mienne. Mon ombre disparaît dans celles des ruelles du Quartier latin.

Le sommeil vient m'assommer à l'heure où le rideau de la nuit se lève. Les premiers rayons éclairent une ville grise et endormie. Des figurants sortent, de ci de là, tandis que je remonte le boulevard Saint-Michel. La force du soleil restitue ses couleurs à Paris. Les lampadaires s'éteignent, les bouches métalliques des commerçants s'ouvrent pour croquer le consommateur. Sur le boulevard, le trafic s'intensifie et déjà débute un concerto de klaxon.

17

J'ai passé tout l'après-midi chez moi dans mon lit. Mon chef m'a donné la semaine pour me retaper. Je suis allé chercher les clés de la maison de campagne chez maman et lui ai laissé un mot pour lui demander de me rejoindre avec Gathy pour le week-end. Direction la Normandie. Là-bas, j'ai mes habitudes : Après le café-croissant du matin, j'attrape un blouson, je file sur mon vélo dans l'air vif de la campagne. Je pédale vite, freine à pic pour contempler le paysage.

Du haut de la falaise, au loin s'incline la côte. Elle s'aplatit comme une semelle que la mer voudrait chausser. Sa langue grignote le bord en soufflant dans son ressac une haleine iodée. L'odeur du lys et du formol me manque. Je ne cesse de songer à cette interne. Elle m'obsède. J'ai beau fixer mon attention ailleurs, rien n'y fait, tout me la rappelle. Un pré verdoyant ourlant sous la bise se confond aux plis de sa blouse, et chaque ondulation semble la soulever. Je l'imagine nue, allongée sur le ventre sur un sol froid, au milieu d'une pièce gigantesque qu'une fenêtre en arcade illumine. Tout est blanc, éblouissant, sans mur, sans meuble, avec elle dedans. Sa chair est chaude. Les rondeurs de sa peau luisent d'un reflet de nacre lorsqu'elle se retourne. L'orbe du plaisir décrit par ses bras au-dessus de sa tête entrouvre une bouche qui semble m'appeler. Je m'avance entre des jambes interminables qui s'écartent, puis se resserrent dévoilant une toison embarquée sur des hanches mamelonnées.

Je reviens toujours par le même chemin, celui qui traverse les champs. Une colonne d'herbe jaillissant par touffes serrées fracture en son centre le macadam, tout du long. À droite l'odeur du blé sort du four. Une alouette portée par un vent chaud monte au ciel dans un chant frénétique. À gauche, chaque pied de maïs grince et voudrait s'arracher de la terre en agitant ses feuilles. La luzerne bleue se fleurit de papillons blancs et rouges. D'un coup, en revenant au village, je me sens bien.

Dans l'unique bistrot, je me fais pilier de comptoir. Accoudés au formica blanc, trois édentés, un mégot dans le bec, se racontent des histoires. Le patron, ventripotent sous un marcel, sert une tournée en riant. Je fais comme lui en commandant un café. La salle est déserte. Pourtant, le dimanche, l'odeur d'anis garnit les tables après la messe. Le cantonnier, un petit maigre aux yeux bleus et brillants, doit avoir cinquante ans et en fait vingt de plus. Tous trois portent la casquette, une chemise d'hiver à gros carreaux boutonnée jusqu'en haut, sous une salopette kaki fourrée dans des bottes pleines de terre et de crottes. Leurs mains épaisses aux ongles vernis de boue, saisissent le ballon de rouge plein à ras bord. Le gros qui me tourne le dos raille plus fort que les autres en parlant du maire.

Ce « branleur » a refusé de lui louer un herbage pour ses vaches !

— Cocu qu'il est par sa femme que j'vous dis ! J'l'ai vu avec un gars de la ville qui l'y t'nait la main !

Chacun met son brin de paille, sauf le cantonnier qui passe son tour à coup de « ah mais ! » ou de « oh bah ça ! ». Mais l'appel de la soupe ou de l'orage menaçant soudain les fait partir. Car la foudre gronde souvent dans les chaumières quand ils rentrent pompette. Alors, lorsque les oreilles commencent à chauffer, il y en toujours un pour dire : « Bon bah j'vais pt'ète y aller avant que ça pleuve ».

Le village change peu, le temps a rasé la boucherie du Père Pouillard écrasée par un pavillon neuf. Le fils Mahuet a repris la terre. Je n'ai pas osé lui faire un signe, lui non plus. Pourtant, il m'a reconnu dans son tracteur, mais a fait mine de régler quelque chose dans sa cabine quand je suis passé près de lui. L'un herse, l'autre pédale à travers la campagne sans que jamais nos chemins ne se croisent. La petite Mahuet s'en est sortie, elle, en remplissant des caddies. Deux ans d'échanges, deux fois par mois, auprès du même caissier Leclerc l'ont délivrée de la terre comme du père. Pendant que défilait un à un chaque article devant la borne optique, des nourritures plus appétissantes déroulaient de leurs yeux. Mariée contre l'avis du père, elle travaille désormais avec son mari au rayon charcuterie. Depuis, les Mahuet font leurs courses chez Champion. La petite est interdite de séjour et rayée de la famille. La ferme des Briaud, quant à elle, a été vendue aux Anglais. L'arrivée d'étrangers a secoué tout le village. Les prix flambent, les langues brûlent contre l'envahisseur mais l'argent, sans odeur, déracine les familles.

Un jeune couple et deux chiens habiteraient la petite maison des grands-parents. Ils l'auraient refaite, agrandie et seraient du pays. Je suis passé devant cinq fois sans pouvoir y entrer. Depuis la route, le chemin n'a pas changé : deux rails boueux au milieu d'herbes sauvages et d'orties conduisent vers la maison. J'entends encore leurs pointes s'arracher sous la 4L de Pépère. Du lierre couvre les murs et l'herbage dans le fond est toujours fermé par une clôture faite de paquets de bois et de barbelé. Rien n'a changé vu d'ici. Même ce pommier à cidre au tronc oblique, au milieu du pré, a été préservé. Tantôt cheval, maison ou jungle sur laquelle j'étais suspendu au-dessus d'une rivière grouillante de crocodiles cet arbre fut l'instrument de ma jeunesse dont la rudesse et la hauteur m'ont valu quelques ecchymoses.

En rentrant, je ne sais quelle force m'oblige à passer par le cimetière. Depuis le jour de son enterrement, je n'y suis plus retourné. C'est ridicule de se recueillir sur une tombe ! J'hésite. Et comme personne n'est là pour me voir, je pousse la grille. Sur la froideur du marbre, après sa date et son lieu de naissance, je découvre une chose lumineuse, un autre prénom de Pépère gravé sur la stèle en lettres dorées. Pierre s'appelait aussi Désiré. Je ne l'ai jamais su. Je les déteste ! Un prénom, ça ne compte pas ! Ça ne suffit pas, ça ne veut rien dire quand c'est écrit ! Je me cogne la poitrine, tombe à genoux devant lui, pleurant, caressant sa pierre. Je me suis construit un mensonge qui maintenant me ronge. Je casserais ta tombe, exhumerais ton corps si seulement je pouvais remplir ce manque qui me vide. Grandir sans amour en espérant toute sa vie être désiré me détruit.

J'entends venir une voiture et m'affaire à nettoyer sa dalle. Au volant, passe un étranger, on se regarde. Je me lève, époussette le sable collé sur mon pantalon avant de sortir. La grille grince quand on la referme. Sur mon vélo, je pédale plus fort sur chaque tour jusqu'à être dépassé par ma propre vitesse. Je mouline dans une descente, le visage rouge et en sueur.

Je ne pensais pas que maman et Gathy arriveraient de si bonne heure ce matin. Je reviens de chez le boulanger. Agathe surgit de la voiture, se précipite vers moi en me serrant fort dans ses bras. Sa joue collée à mon ventre me paralyse au début. Elle n'a pas manifesté une telle émotion depuis cinq ans. Je suis tétanisé.

— T'es bien reposé papa, dit ? T'as plus mal maintenant, hein ? dit-elle d'une voix vibrante.

— Elle sait ? dis-je en regardant ma mère.

— Il fallait bien ! répond-elle en sortant les bagages. Que voulais-tu que je dise d'autre, ajoute-t-elle courbée dans le coffre en me tendant les sacs. Les gosses veulent la vérité, tu le sais bien.

— Tu ne vas plus retourner au travail, dis papa ?

Claquant le coffre de la voiture, maman ajoute :

— Tu sais, la petite est debout depuis cinq heures et demie et si je l'avais écoutée, nous partions la veille au soir.

Agathe bâille aux corneilles les yeux pleins de sommeil. Un si grand intérêt pour son père gonfle mon cœur d'une joie qui nous porte jusque dans la maison. L'âtre crépite d'une flamme que je veux grande et belle. Des bûches fraîches sifflent sur la braise. Une légère odeur de fumée emplit la salle, tandis que nos bols de café au lait nous inondent de chaleur. Je fais un clin d'œil à Agathe qui me le rend en clignant des deux. Maman ne peut s'empêcher de beurrer nos tartines, y ajouterait même la confiture si on ne l'arrêtait pas.

— Laisse maman.

— À qui je mets de l'abricot ?

— Moi je veux bien, répond Agathe en levant la main.

Et tout en nappant la tranche de pain d'onctueuse confiture, maman me dit avoir eu des nouvelles de papa.

— Oui ! Papy nous a appelées chez mamie, dit Agathe, le regard complice en direction de maman. Il fait chaud là-bas et il m'a demandé quand est-ce qu'on ira le voir. On ira le voir, papa ?

— Pourquoi t'a-t-il téléphoné ?

— Je ne sais pas moi ! Comme ça ! Tiens ma chérie.

— Regarde-moi maman.

— Quoi ?

— C'est plus fort que toi hein, fallait que tu le fasses.

— Ecoute, c'est ton père tout de même ! Il faut bien que quelqu'un lui donne de tes nouvelles puisque tu ne l'appelles pas.

— J'peux aller faire du vélo papa ?

— Et ta tartine !

— J'en veux plus ! répond Agathe en quittant la table.

— Ne va pas trop loin ! On ira à la mer après, d'accord ?

— Ok papa !

La porte claque, ébranlant les bûches de la cheminée.

— Tu reveux un café ? demande ma mère.

— Je veux bien. Enfin maman, je ne comprends pas...

— Qu'est-ce que tu veux dire, dit-elle en me versant du café.

— Oh, hé, arrête un peu. Pas de ça entre nous, tu veux ! Pour moi papa c'est finito, une croix, TERMINADO. Et si je veux lui donner de mes nouvelles, c'est moi et MOI seul que ça regarde. La dernière fois, pareil ! Lorsqu'Agathe a eu des points de suture au menton, tu t'es empressée de l'appeler. Je ne comprends pas ! Explique-moi !

Tortillant dans ses mains une serviette en papier, elle me rétorque :

— T'as raison... Mais qui d'autre voudrait entendre l'angoisse d'une grand-mère quand sa petite fille si précieuse se blesse... d'une mère quand son fils prend un coup de couteau. Qui d'autre, mieux que ton père, peut comprendre, selon toi ?

— À huit cents bornes d'ici, il a le recul nécessaire, c'est sûr ! Je me demande vraiment pourquoi vous vous êtes mariés.

— On s'est trompés, voilà tout.

Je n'accepte pas la faiblesse de ma mère, j'en deviens piquant, presque odieux.

— Il t'aura fallu vingt-cinq ans de mariage pour t'en rendre compte !

— Oui. Et tu vois, dit-elle en pliant bord à bord la serviette en papier, je me dis que je l'aime toujours, c'est idiot, hein ? Je n'aurais pas dû céder à tous ses caprices. Résister, parfois, préserve un couple. Mais quand on t'éduque en te disant qu'il faut obéir à un homme parce qu'il te protège, qu'il faut le materner pour avoir de la tendresse, eh bien, tu ne te poses pas de question, tu fais...

— Maman, nous entrons dans le vingt-et-unième siècle ! Ton discours sur la femme soumise paraît un peu dépassé, tu ne crois pas ! Et tu ne me feras pas croire que c'est uniquement pour ça que papa et toi avez divorcés.

— On ne se parlait plus ton père et moi. Devant toi, on faisait semblant pour que tout se passe pour le mieux. Mais il y a des choses que je ne peux pas te dire...

— Justement, dis-je en me levant. Ce sont ces non-dits que je veux entendre. Tu crois que je ne voyais rien ! Moi aussi je faisais semblant. La même scène se répétait chaque jour avec ses mêmes angoisses. Crois-tu que le soir je n'entendais vos engueulades dans la chambre ? J'étais collé à la porte, en larmes, suppliant que ça cesse. Et la fois où il t'a giflée parce que tu l'insultais, où crois-tu que j'étais, hein ! Certainement pas en train de faire mes devoirs, oh ! Ça non !

Quelques flammèches s'envolent du tison par le conduit de cheminée, fuyant une braise rougeoyante.

— Ce soir-là, dit-elle, pâle et l'œil hagard, j'ai résisté à ton père. Contre son gré, je suis allée danser. Oui, tu as bien entendu, danser, m'éclater sur une piste, du tango, de la rumba, de la bossa-nova, sentir le regard des autres se poser sur moi quand le sien m'ignorait... Comme je me sentais bien ! Je me sentais de nouveau femme ! Maintenant, je me sens vieille, vieille et seule.

— Et nous alors on compte pour du beurre ?

— T'es bien comme ton père ! Tu ne penses qu'à toi. Ta mère est fatiguée Dan, tu comprends, fatiguée.

Elle se lève, muette, empile les bols tandis que je débarrasse les sets de table, le beurre, le pain en calant sous mon bras les confitures pour ne faire qu'un voyage. Nous nous dirigeons vers la cuisine.

La porte s'ouvre sur Agathe qui me demande si on part maintenant.

— Allez-y ! Allez-y ! Je vais terminer, laisse, dit ma mère.

— Tu es sûre !

— Et comment ! Allez, tout le monde dehors. Comme je l'embrasse, elle ferme les yeux.

La brume matinale se dissipe pour faire place à un ciel bleu et froid. Je dis à Agathe de laisser le vélo pour y aller en voiture. Elle insiste encore pour monter devant. Ce matin, la mer est à nous. Personne sur le parking. Agathe, courant, fauchant de sa main l'herbe haute qui borde la route veut être la première sur la « mer de cailloux ». Elle se retourne vers moi, radieuse, puis, telle une skieuse dévalant une piste descend tout schuss cette pente de galets jusqu'au rivage. Je m'assieds au pied de la falaise sur un rocher ocre qui s'en est détaché. L'azur m'emporte. Soulevant une pierre grosse comme une boule de bowling, elle m'interpelle.

— Écoute papa comme la mer pète !

Et elle la lance. Le « plouf » la fait tant rire qu'elle recommence. Je me lève pour la rejoindre, ramassant au passage des petits galets ronds et plats. Les ricochets sur une mer d'huile l'émerveillent. Elle applaudit.

— On dirait une grenouille ! dit-elle en sautillant. Comment tu fais ? J'peux essayer ?

Je lui montre le mouvement comme le fit autrefois mon père. Impatiente de jeter la première, elle s'énerve, en lance une autre tandis que je corrige son geste, rate de nouveau puis abandonne. Trouvant plus drôle de faire péter la mer, je me fais lanceur de poids. Le rire raisonnant d'Agathe trouve un écho troublant qui m'arrête, une sonorité dont l'acuité évoque le souvenir de Barbara.

Il me revient ce moment où nous foulions un sable humide, lissé à marée basse, doré par le soleil dont la souplesse massait nos pieds. Des projets farfelus nous emmenaient au Kilimandjaro, à Saigon et les plus fous à Katmandou. Peu importait le lieu pourvu que nous fussions ensemble. Le monde nous appartenait. Le temps flottait suspendu à cet air doux et iodé qui me caresse aujourd'hui le visage. Ma main sous son tee-shirt remontait son dos. Et sur le roulis des vagues, sa chair frissonnante réagissait aux mots que je lui susurrais dans le creux de l'oreille.

— On y va papa !

— Qu'est-ce que tu mets dans ta poche ?

— Des pierres précieuses, répond-elle en sortant une main pleine de petits cailloux.

— Ce ne sont pas des émeraudes, ça, chérie, mais de bouts de verre polis par la mer !

— Des bouts de verre ! s'exclame-t-elle. Je les jette alors ?

— Non, pas tous, dis-je en les triant. Tu vois ce petit éclat noir en forme de cœur, il est joli ! Celui-là, en revanche...

— Mais si, dit-elle en le faisant pivoter. On dirait un lion. Regarde !...

La gueule, la crinière et les pattes invisibles jusqu'alors m'apparaissent soudain. L'orgueil d'un roi tient dans ses doigts.

— Tu as vu ses petits yeux noirs, dis-je en lui montrant des trous rapprochés, piqués dans la pierre. Agathe sourit.

— On pourrait lui donner un nom ?

— Comment veux-tu l'appeler ?

Et en l'examinant de plus près, elle me dit :

— Tu as vu papa, il porte un masque comme les super-héros. Zorro... Il s'appellera Zorro.

Nos têtes se rapprochent vers un imaginaire que mon enfant touche du doigt. Je respire ses cheveux collés sur ma joue. Ils sont miens. Agathe range la pierre dans sa poche guettant de ma part un élan qui romprait ce silence. Mais je suis un homme-tronc souffrant de ses membres fantômes, incapable d'agir, de l'enlacer, de la serrer contre moi, brûlant d'envie de la couvrir de baisers sans pouvoir m'exécuter. Je suis bloqué, bâillonné, verrouillé, infirme du cœur. Ô tendresse !... Combien t'ai-je implorée, suppliée d'embaumer ma jeunesse ! Dissoute dans l'aigreur d'un grand-père, je t'ai cherchée en vain dans la détresse d'un père. J'encense tous ces mots insensés, ces mots du bonheur, ces mots interdits appris par cœur sans qu'aujourd'hui je puisse les exprimer.

Muette, Agathe incline sa tête comme une fleur fanée et raye le goudron avec des gravillons qu'elle fait rouler sous sa semelle.

Sur le retour, je prends à gauche par une petite route agricole. Pépère respectait toujours la limitation de vitesse inscrite sur le panneau à l'entrée du virage. Du reste, on ne peut guère dépasser les trente kilomètres-heure car le bitume défoncé sous le poids des machines a transformé les trous en véritables crevasses. On croirait avancer à dos de chameau. Les secousses amusent Agathe.

Que le paysage a changé ! Où sont donc ces taillis, bosquets et ces haies naturelles qui protégeaient la terre ? Où sont passés ces herbages clôturés, chamarrés de papillons où s'engraissaient nos vaches ? Il n'y a que champs nus à perte de vue et des rouleaux de paille semblables à des copeaux sur une croûte âpre. Des paquets de colza ici et là ensoleillent une terre brûlée des pesticides ôtant à la nature ses odeurs sauvages. Ainsi, s'envole le parfum d'une génération. Celle où l'on chassait l'abraxas en convoitant le paon de jour, où l'on étourdissait le coq pour y récolter les œufs, où l'on vidait un lapin et déplumait une poule sans émoi.

Lorgnant ma fille dans l'angle du rétroviseur, je la vois s'évader. Elle s'invente une histoire avec Zorro, le fait évoluer dans un invisible décor. C'est elle qui a raison. La vie ressemble à cette pierre. On peut l'avoir sur soi en ignorant son dessein ou la regarder autrement et y lire son destin. Reflet de mon passé, je saisis ce clin d'œil pour ne pas reproduire ces schémas inculqués. Je suis désormais convaincu qu'il me faut lui conter le début de notre histoire et ainsi la conduire vers ce chemin tortueux de la vérité. Droit devant, tenant le volant fermement dans mes mains pour ne pas sortir de la route, je suis bien décidé à lui montrer nos racines, plongées dans le sang et non dans la terre comme je l'imaginais. Elles portent un nom différent.

Alors, en entrant dans le village voisin, je m'arrête devant la ferme des Mahuet. Je lui explique que c'est ici que, petit, je venais avec Pépère. Je m'amusais dans la grange à sauter dans la paille et à plonger dans le blé. Je m'en mettais plein la bouche pour en faire une pâte, persuadé de mastiquer du chewing-gum.

— Ça fait mal de mourir ? me demande Agathe.

— Je ne sais pas, dis-je, surpris. La mort n'est qu'un passage, tu sais.

— On va où après ?

— Au royaume des cieux ma chérie.

— Il était comment le papa de papy ?

— Beau... très beau.

— Une fois papa, tu m'as dit qu'on se retrouverait tous là-haut.

— Bien sûr.

— Comment tu sais ?

— Je le sais, voilà tout !

— Mais qui te l'a dit à toi, hein ! Qui te l'a dit ? C'est maman, dis, c'est maman ?

— Non !

Et mélangeant « Zorro » aux autres pierres, elle ajoute :

— je voudrais mourir tout de suite pour la retrouver. Elle me manque maman.

— Et tu m'abandonnerais ?

Silencieuse, Agathe porte son regard en direction de la ferme. Le porche est grand ouvert et le tracteur sorti. Dans le fond de la cour, la même porte vitrée à petits carreaux donne sur la cuisine. Elle trouve qu'ici tout est triste et ce village sans vie lui fait froid dans le dos. Comme nous passons devant le cimetière, je me gare.

— Qu'est-ce que tu fais ?

— Viens, dis-je en sortant de la voiture. Il faut que je te montre quelque chose.

Elle hésite.

— Allez ! Viens !

Agathe range Zorro et tous ses amis dans sa poche. Serpentant avec elle dans un dédale de tombes, je passe devant une première fois sans la voir, puis reviens sur mes pas. Agathe ne me lâche pas la main.

— Qu'est-ce qu'on fait là papa ? dit-elle en me voyant hésiter.

— Attends !

Les hirondelles en porcelaine ont disparu. Deux clous rouillés fondent à leur place sur une pierre recouverte de feuilles mortes. Je les balaye d'un revers de main.

— François Le Gallu, lit-elle, malgré le lichen incrusté dans la pierre qui assombrit chaque lettre. C'est qui ?

— Un homme sans qui je ne serais pas.

— Il t'a sauvé la vie ?

— En quelque sorte. N'oublie pas ce nom, trésor. Je t'expliquerai un jour ce qu'il signifie.

Inutile de lui dire tout maintenant. La vérité est un animal fou qui peu mordre l'esprit d'un enfant.

Cueillant des pâquerettes au pied du muret séparant la route du cimetière, Agathe fleurit la tombe. Une après l'autre, elle les dispose tout autour de la pierre. Ce témoignage de gratitude me va droit au cœur. Étrangement, son geste va même au-delà. Il vient briser en moi une chaîne et me libère soudain de son poids. Je me sens propre, léger, tout neuf à l'intérieur, comme si cette confession faite à ma fille avait reçu la bénédiction divine. En allant cueillir d'autres fleurs, Agathe me dit encore :

— Pourquoi tu ne m'emmènes jamais voir la tombe de maman ?

— Parce qu'elle vit dans nos cœurs, trésor ! Un cimetière sert à ne pas oublier. Mais pas un jour ne se passe sans que je ne pense à elle.

— Mais moi aussi ! dit-elle en étranglant dans son poing les tiges tremblantes des pâquerettes. N'empêche que je voudrais bien lui apporter des fleurs pour qu'elle voie de là-haut comme je l'aime.

Sidéré par mon égoïsme, je tombe à genoux devant elle.

— Pourquoi ne m'en as-tu jamais parlé ? dis-je en la tenant par ses frêles épaules.

— Pour pas que tu sois triste !

J'embrasse son cou, ses yeux, son front avec frénésie en lui demandant pardon. Je la prends dans mes bras. Elle se laisse faire. L'étreinte cisaille un passé empoisonné, en extrait l'amertume. Mon cœur se desserre. Reprenant un souffle nouveau, je ressens maintenant la douceur de mon enfant. Celle dont Pépère s'était privée autrefois avec moi. Du fond de ma gorge surgit alors une insoupçonnable irruption de tendresse. Chaque mot jaillissant de ma bouche vibre et revêt un son différent. Un instant d'allégresse tournoie d'une bouleversante harmonie dont je me berce. Agathe pose sa tête contre mon épaule. Des larmes chaudes et un balbutiement glacent ma chemise au vent.

À table, maman demande ce que nous avons fait durant tout ce temps. Agathe passe sous silence notre passage au cimetière, et sauce avec du pain le jus de tomate dans son assiette. De nos regards complices et nos sourires en coin, mamie amusée tente de deviner quel secret peut souder un tel silence. Agathe ne dira rien, pas même à grand-mère. La voyant se lever pour chercher le sel, maman n'en revient pas de l'effet radical du changement d'air sur son comportement. J'opine en posant mon verre sur la table et ajoute que l'air marin nous a fait à tous le plus grand bien.

Je ne me lasse pas de l'observer, j'épie ses gestes fragiles et maladroits, je croque chaque partie de son corps sous des lueurs distinctes. Quel mélange voluptueux pour un père de saisir dans le regard de sa fille cet éclat d'innocence et de séduction. Il était temps que je te voie grandir jour après jour, ornée de mon amour ma chérie...

Le temps passe au galop d'un cheval, à filer au vent sur un char à voile, à visiter la cathédrale de Bayeux avec Agathe, puis à faire nos adieux à ce temps pluvieux. Le retour sur Paris n'est pas évident. La ville, bientôt, imposera sa cadence. Et il nous faudra communiquer davantage pour maintenir l'équilibre de notre union. Arrivés à Paris, je raccompagne maman jusqu'au parking où elle gare sa voiture. Puis, en la déposant chez elle, elle me demande, avant de descendre, lequel de nous deux amènera Agathe à l'école demain. Avec mon rendez-vous à l'hôpital, je lui assure que j'aurai le temps de la conduire. Agathe embrasse mamie, puis moi, après.

3ème partie

18

L'entrée automatique des portes de l'hôpital m'arrête. Une odeur d'éther me cloue sur place. À l'intérieur, un festival de blouses blanches, vertes, roses s'agite dans un hall au milieu duquel malades et patients toussent ou gémissent. Un vieux perfusé en peignoir bleu le traverse. Je me dirige vers une souriante Antillaise à l'accueil.

— Bonjour madame, j'ai rendez-vous avec le docteur...

— Vous êtes prêt, dit une voix qui passe derrière moi. Surpris, je me retourne.

— Docteur Léa Brandt, annonce l'Antillaise.

— Vous me suivez !

Je suis Brandt dans le cliquetis de ses talons jusqu'au bout d'un couloir. Sa cadence rythmée d'une frétillante queue de cheval me ferait oublier les raisons de ma visite.

— Enlevez votre chemise et montez là-dessus. On va regarder cela.

Je suis dans la même pièce que la première fois. Et tandis qu'elle m'ausculte, une lampe dessine un croissant lumineux sur l'ombre de son visage.

— Belle cicatrice. On va pouvoir les retirer, dit-elle en passant son doigt dessus.

— Et la vôtre ?

— Pardon ?

— Vous allez mieux ?

— Mieux, merci.

Sa pommette gauche se creuse d'une fossette qui soudain s'efface. Un parfum de lys emporte mon Sens.

Dans un salon des gens s'entrecroisent derrière Léa, assise qui leur tourne le dos et pleure devant une fenêtre dont les rideaux en velours étouffent la lumière. Un flash brûle les couleurs de la pièce. Un second éblouit le plafond. L'identité judiciaire mitraille un pendu nu, sous des angles différents. Son mari !...

— Aïe !

— Ce n'est qu'une croûte, je peux continuer ?

— Ça va.

— On s'est endurci depuis la dernière fois, dites donc !

Une pince tire sur chaque fil qu'un coup de ciseau froid rompt d'un geste précis. Les poils de son bras effleurent ma peau, ses doigts me palpent et l'idée de m'approcher d'elle davantage fait frissonner mon corps. L'œil concentré du docteur Brandt ne se laisse pas distraire. Le mien s'égare dans l'entrebâillement de sa blouse, fixé sur la bretelle blanche de son soutien-gorge, à l'affût d'un mouvement, d'une inclinaison qui en élargirait l'ouverture. Le contact du tissu, ou la simple pointe du ciseau m'excite maintenant. Être assis sur une table, le coude ainsi levé avec sa tête en dessous suscite les préliminaires d'un fantasme. Le silence dans la pièce en augmente l'intensité. Je l'imagine posant sa joue chaude contre mon flanc, glisser le bout de son nez, puis remonter jusqu'à mon aisselle en me léchant. Je bande et rougis soudain, car tandis qu'elle se penche, j'entrevois la rondeur blanche de sa poitrine à dentelle.

Impossible de contrôler ces bouffées de chaleur. Ne pas rougir pour ne pas se trahir. Cependant, plus je me le dis, plus je rougis. Je tente bien de regarder ailleurs ; mais mes yeux, comme deux aimants, se collent sur son postérieur. L'urgence m'impose de penser à grand-mère. L'image, dans ma tête aplatit tout.

Imperturbable, le docteur Brandt poursuit sa tâche. Je regrette que ma cicatrice ne soit pas plus grande, car chaque fil qu'elle ôte, tisse un lien étrange. Elle m'attire. La distance qu'elle m'impose m'attire. Je me croyais libre en respirant la vie et voilà qu'à ses côtés, je la bois. Une rivière invisible irrigue en moi des parcelles que je ne soupçonnais pas. Une soif intarissable m'électrise. Mes yeux pétillent sur chaque détail de son visage qui m'échappait auparavant, du grain de beauté sur sa joue à celui dissimulé près de l'oreille, d'une petite mèche courant sur son épaule au froncement de sourcil qui lui donne un air coquin. Mon cœur pimente ma gorge, épice ma bouche, brûle mes lèvres d'un impétueux désir de l'embrasser.

— Dites donc, on ne chôme pas chez vous c'est l'usine ! lui dis-je.

— Certains jours, les urgences sont tellement submergées que nous sommes contraints d'envoyer les patients vers d'autres centres. On court partout, on manque de tout : médecins, infirmières, aide-soignantes, de lits surtout ! Là, par exemple, je sors d'une garde de vingt heures pour embrayer sur un autre cycle.

— Et vous ne sortez jamais, je ne sais pas moi... histoire de vous changer les idées.

— Rarement. Je dois suivre les malades, surveiller mon équipe, gérer les dossiers. Si vous saviez la pile qui m'attend au bureau ! Je déteste l'administratif mais que voulez-vous, personne ne le fera à ma place, alors...

— Votre vie privée n'en souffre pas ?

— Ma vie privée... dit-elle l'œil hagard. Puis tressaillant sur son tabouret se reprend. Enfin ! Je vous en prie !

— Non, parce que c'est bon aussi d'avoir une vie en dehors du boulot.

— Bon pourquoi, pour qui. Les urgences me dopent, c'est ma drogue. Oui, c'est sûr ! J'aurais pu ouvrir un cabinet, travailler en clinique, même, comme certains confrères. Mais on ne se refait pas. L'urgence, il n'y a que ça de vrai !

— Je comprends.

— Ah bon ! Vous êtes bien le seul.

— Si, je vous assure !

— Ouais... ça flatte l'ego mais ce n'est pas lucratif. Je ne vous parle même pas des heures supplémentaires impayées...

Elle ne porte pas d'alliance au doigt, hormis ce petit bracelet brésilien élimé à son poignet gauche. Je lui demande si elle est gauchère, elle répond affairée sur ma cicatrice :

— Non pourquoi ?

— Pour rien, lui dis-je, comme ça.

En vérité, seul compte le son de sa voix ; elle m'entraîne. Peu m'en chaut qu'elle soit droitière, gauchère même ambidextre, je veux juste l'entendre me parler, l'écouter s'évertuer, par petites phrases rapides et saccadées sur un timbre vibrant étouffé de passion et de candeur, délier tous ses mots enfouis dans son cœur.

— Voilà, j'ai fini. Vous pouvez vous rhabiller. Je ne vous ai pas trop torturé, j'espère ?

— Vous n'imaginez pas à quel point, lui dis-je en enfilant ma chemise.

— Saisissez l'Ordre des médecins, réplique-t-elle ironique, je suis sûre qu'ils étudieront votre cas avec la plus grande attention.

— N'y a-t-il pas un autre moyen de se voir ?

— En ce qui me concerne, nous en avons fini monsieur...

— Dan. Bon... fis-je... déçu.

— Vous travaillez bien au commissariat, n'est-ce pas ?

— Oui, n'hésitez pas. Je me ferai un plaisir de vous recevoir. Tenez, je vous laisse ma carte, on ne sait jamais.

Le docteur Brandt dépose avec une pointe de déconvenue les instruments dans le stérilisateur. Je sors en maugréant. Quel sot je fais ! N'importe qui lui aurait proposé un café, un déjeuner, un ciné... J'ai dit merci docteur et je suis parti. Je dois être monté à l'envers. En arpentant le couloir, je me mettrais bien un coup de tête dans le mur, voire deux pour remettre les choses à leur place.

Je n'arrive pas à être synchrone avec les femmes. George a eu beau m'expliquer qu'il faut sentir leur phéromone pour les conquérir, rien n'y fait, je ne comprends pas. J'agis à l'aveuglette. De là vient mon échec. Ma lenteur ennuie les femmes, ma précipitation les effraye et dans les deux cas, elles me fuient. Alors pourquoi prendre ce risque avec Léa Brandt ?

La peur me dis-je en entrant dans la voiture. Cette peur des sentiments me fait l'effet d'une bombe. Un compte à rebours, une pulsation insignifiante dont l'onde grandissante résonne en moi comme un tam-tam effrayant. Arracher tous ces fils de ma tête, fuir ces démons dont l'odeur fétide me donne la nausée. Si les sentiments sont amers, je suis le fruit âcre de cet arbre.

Je démarre en direction du commissariat. Dans le ciel, des nuages protègent les anges.

19

Une tempête agite la fourmilière, l'orage éclate au poste. Une dizaine de jeunes d'une cité voisine sont ramenés pour un contrôle. Menottée au banc, la horde hurle des jurons. Une meute dont le meneur se distingue nettement. Fléchi sur ses jambes, on dirait un crapaud. L'arrogante raideur de sa nuque affiche la fierté d'un chef. Menton relevé, tête en arrière, il toise chaque collègue qui passe.

La forme de sa bouche à elle seule exprime le dégoût du flic. Une lèvre inférieure aussi large qu'un pneu de voiture se superpose à celle du dessus. Il donne l'impression d'avaler une limace. Prêt à vomir sa rage, il cherche celui qui l'a interpellé. En le voyant, il bave d'une promesse de le retrouver un jour et de lui « niquer sa race ». Ses menaces postillonnent, le venin brille dans ses yeux. Kaly calme le jeu. Il me fait un clin d'œil, deux, puis trois et se dirige vers moi content de mon retour tout en me faisant des signes de la tête pour m'inciter à regarder ailleurs. Je le crois plein de tics lorsqu'il m'annonce à voix basse que le Rongeur est revenu de sa cure. Ça y est, je l'aperçois derrière le bat-flanc, assis, feignant d'être trop occupé pour m'avoir vu. Il a les joues creuses, le teint gris et le cheveu gras. Interdit de voie publique, on l'a désarmé. Je demande à Kaly de l'affecter aux plaintes.

Le standardiste arrive vers moi et me dit :

— Le docteur Léa Brandt a cherché à vous joindre, Lieutenant. Elle m'a laissé ses coordonnées.

— Elle vous a dit pourquoi ?

— Non.

Je me précipite dans le premier bureau vide. Mon cœur palpite sur la tonalité.

— Madame Brandt ? Vous cherchiez à me joindre ?

— Oui. Je ne veux pas vous déranger, seulement... vous remercier.

— Vous plaisantez, si quelqu'un doit le faire c'est bien moi.

Je lui propose alors un rendez-vous. Mon audace me surprend. Elle balbutie :

— Euh... oui, pourquoi pas... bien sûr !

— Que pensez-vous de demain matin, au café Le Luco, face au jardin du Luxembourg, vous connaissez ?

— Attendez, je jette un coup d'œil sur mon agenda.

Un claquement de pas sur le carrelage s'éloigne puis revient :

— Voyons, voyons... Ah ! Je peux me dégager pour onze heures, cela vous convient-il ?

— C'est parfait !

Je retrouve George en train de pianoter sur le net, le nez collé à l'écran.

— Alors, comment va notre vétéran du Vietnam ? Bien reposé ?

— Elle m'a appelé !

— De quoi tu parles ?

— Brandt ; Léa Brandt m'a appelé !

— Qui c'est celle là ?

— La toubib de l'hosto. Tu te rends compte, elle m'a appelé George, je lui ai filé un rancard et on se voit demain.

— Attends, tu viens d'arriver et tu demandes déjà à repartir !

— On se voit demain à onze heures George, elle ne pouvait pas avant.

— Tu parles ! Ça, vois-tu, c'est typiquement féminin. Elle meurt d'impatience de te retrouver, mais t'impose toujours l'instant pour le faire ! Et après, qu'est-ce que vous allez faire tous les deux, hein !...

— On verra, je ne sais pas.

— Enfin Dan ! Elle t'appelle, tu la vois, tu couches avec, bordel ! Et puis fais gaffe, les hôtels sont pas donnés dans le coin.

— Je peux compter sur toi ! Tu me couvres sur ce coup-là ?

— T'inquiète pas, va, va, je gère.

J'ai appelé ma mère pour lui annoncer la nouvelle. Elle s'est invitée chez moi à dîner pour fêter ça.

Jamais les reflets le long du canal ne furent aussi beaux que ce soir. Des flammes argentées brûlent sa surface. Je me sens plein d'allant au volant de ma voiture, empli d'un air doux qui me bombe le torse. Je dévorerais le monde. Un coup d'œil rapide dans le rétro latéral me rappelle qu'il me faut acheter une crème. Ces rides m'obsèdent. Au diable machisme ! On s'enduit bien d'un baume après rasage, pourquoi pas d'une crème antirides. Et puis, esthétisme et virilité ne sont pas antinomiques après tout. Hormis la vendeuse de la parfumerie que je devrai affronter, personne ne le saura. Si, l'autre vendeuse et certainement quelques clientes, deux ou trois au maximum qui ne seront peut-être même pas du quartier... Ça y est, j'ai le trac. Oh et puis zut ! J'irai dès ce soir.

20

De ma fenêtre, un bol de café à la main, je regarde pâlir la nuit face aux premières lueurs du jour. Dans une semi-obscurité bleutée, des ombres chinoises dessinent ma rue. L'aube les dissout, empourpre la façade des immeubles. Impossible de fermer l'œil. La ville dort encore. D'un claquement d'ailes, des pigeons nichés dans les arbres s'envolent, tournoient dans les airs, se regroupent et comme des fruits, tombent au pied de leur tronc, roucoulant et picorant le sol. Un gyrophare orange les effraye. Le bras hydraulique du camion-benne secoue chaque poubelle qui reprend sa place avec fracas. Mon quartier se réveille. Une journée exceptionnelle m'attend.

En passant près de la grille du boulanger, l'odeur du croissant chaud et des pains au chocolat croustille sous mes narines. Un garçon de café, tel un automate, pose des chaises sur la terrasse. Elles frappent le macadam. Le bruit de la machine à moudre le café attire les habitués qui se collent au comptoir. L'un deux s'envoie un blanc sec. Les couleurs chez le marchand de fleurs parfument l'air. Des nouvelles fraîches s'empilent devant le kiosque à journaux. La bouche du métro souffle une haleine chaude de carton brûlé. Les unes après les autres passent les stations. Le compte à rebours de ce voyage intestinal fait gargouiller mon ventre qui se noue. Saint-Michel, plus qu'une et j'y suis.

L'ouverture des grilles du Luxembourg m'envoie une bouffée d'air qui me mord le visage. Il est tôt. J'ai deux heures d'avance sur le rendez-vous. La virginité du jardin s'élève sous un halo de poussières soulevées par les premiers coureurs. Je les vois s'enfoncer dans cette grande allée bordée d'arbres et les suis. À gauche comme à droite, on s'essuie les yeux sur les tapis d'herbe ou de fleurs. La promenade nous conduit ainsi vers ces guides immobiles qui assistent du haut de leur socle aux premiers assauts : ce sont nos reines de France qui couronnent le cœur de ce jardin. Elles protègent une fontaine irrigant ces penseurs de la République en retraite qu'un terre-plein de roses oxygène. Je flâne, me perds dans un labyrinthe de bosquets en oubliant le temps tout en marchant.

Je n'ai pas choisi la meilleure table mais la mieux placée dans le café côté terrasse, à l'angle des deux rues, pour être sûr de ne pas la manquer. Pour la énième fois, je crois la voir venir à moi.

... Une chevelure blonde, bouclée bondit à chaque pas. Elle avance, luttant contre une bourrasque qui soudain soulève une jupe noire, fendue, qu'elle rabat de sa main. C'est elle. Elle pousse la porte en affichant un sourire radieux. Le froid s'engouffre.

— Je ne vous ai pas fait trop attendre ? dit-elle essoufflée.

— J'arrive à l'instant.

Rien ne se produit au contact de sa main, rien. Aucune réaction pas la moindre montée d'énergie. Quelle déception ! Impossible à masquer. Son souci pour ma santé n'évacue pas le malaise.

— J'ai trouvé le point commun de notre rencontre, me dit-elle.

— Ah bon ! Et quel est-il ?

— L'urgence, s'exclame-t-elle en ôtant son manteau.

— Vous prenez quelque chose ?

— Un café.

— Deux, s'il vous plaît ! dis-je au garçon de salle.

Délier les langues pour chauffer les moteurs ne m'excite guère. En revanche, boire le désir dans la coupe de ses lèvres et l'imaginer se mélanger aux miennes m'enivre. Je brûle d'impatience en l'écoutant discourir de son internat, des bizutages et de sa Lozère natale.

Je me fiche, moi, de son curriculum vitae. Je ne suis pas venu pour cela. Alors, le rouge à lèvres assorti aux boucles d'oreilles et le petit coup de crayon au-dessus des paupières peuvent emballer les deux mecs assis à côté. Ils peuvent bien la mater, baver sur ses jambes qu'elle croise et décroise, moi, cela ne me fait rien.

Je suis déçu, déçu ! Plus d'alchimie, de mélange pétillant, rien... Léa se comporte comme une plante. Chaque geste, rire, attitude semble calibré dans un canon de beauté. L'artifice brille sans soleil et l'envie de m'éclipser me gagne. Plus que l'amour Léa suscite le cul. J'ai l'impression de participer à un de ces rendez-vous organisés par l'agence matrimoniale.

Le café sec suivit d'une partie de jambes en l'air qui se décide en quelques secondes. L'excitation demeure tant que l'autre ne cède pas. Or, selon George, une femme ne s'abandonne qu'au fantasme qu'on lui suscite. Aussi, faut-il l'attendre, le sentir et porté par lui, y aller sans se planter.

Moi, je ne veux plus attendre mais me donner pleinement à Léa.

— La fumée vous dérange me demande-t-elle en fouillant dans son sac.

— Non ; elle me manque.

— Moi, ça me calme, dit-elle en soufflant sa première bouffée contre la vitre. Vous fumiez, alors ?

— Beaucoup trop, oui. Ça vous fait rire ?

— Non. Je pensais à la phrase ringarde que l'on balance aux médecins que l'on surprend avec un clope : « Fumer tue, docteur ».

— Vous n'oubliez jamais le boulot !

— Désolée, vous avez raison.

Et posant son regard sur moi, toutes narines dilatées elle poursuit :

— À quelle cicatrice faisiez-vous donc allusion, la dernière fois ?

— À toutes celles de la vie, à la vôtre même !

— Vous êtes surprenant, Dan. Comment dire...?

Son regard perché à la cime des arbres cueille dans les branches un adjectif bien vert.

— ... Oui ! dit-elle, convaincue, je crois avoir trouvé le mot juste...Vous êtes quelqu'un d'atypique.

— Comment dois-je le prendre ?

— Comme une flatterie, bien sûr ! Les gens, de nos jours se ressemblent tellement. Vous êtes marié ?

— C'est une demande ?

Elle sourit, puis reprenant son sérieux me dit :

— Vous devez me trouver effrontée, n'est-ce pas ?

— Pas effrontée, mais directe !

— Alors, vous l'êtes ?

— Je l'étais.

— Divorcé ?

— En quelque sorte.

— Ah ! Je vous préviens, je ne touche pas aux hommes mariés et je fuis ceux qui se disent en instance de divorce !

— Dois-je prendre cela pour une avance ? dis-je en riant.

— Vous êtes terrible !

— Et vous madame Brandt, êtes-vous mariée ?

Croisant les bras, elle plisse les yeux en fixant l'horizon.

— Moi non plus...

— Comment ça... jamais mariée, dis-je, étonné.

— Non… je traîne avec des amies dans des « soirées hygiéniques », comme elles disent. Vous connaissez les « speed date » ? Des endroits où sur un tintement de cloche on passe d'une table à l'autre pour trouver l'âme sœur.

— Sept minutes, cela fait court pour tomber dessus, non ?

— L'un deux, une fois, m'a surprise en me disant que c'était pour une nuit ou pour la vie.

— Et alors ?

— Il était croupier dans un casino. Je l'ai renvoyé au tapis. On ne joue pas avec l'amour.

— Et le sexe ?

— Si nous sortions prendre l'air ? dit-elle en se levant.

Sous le klaxon des voitures, nous traversons en courant le boulevard Saint-Michel. Je tiens Léa par le bras, elle m'entraîne, nous fuyons je ne sais quelle pensée. Dans le jardin du Luxembourg, nos semelles craquent sur une piste siliceuse qui longe les grilles. Nous marchons côte à côte, sans rien dire. J'ai le sentiment de me sentir plus proche d'elle. Un groupe de coureurs surgit, venant de derrière nous. Deux vieux, courbés en avant sur leur canne remontent à contresens. Des étudiants défilent sans discontinuer.

— Vous semblez contrariée ? Lui dis-je. En serai-je la cause ?

— Non. Du tout.

Soudain le visage de Léa se crispe à la vue d'une fille assise sur un banc, se frottant à son amoureux aux mains baladeuses. Léa saisit mon bras et se colle à moi en passant près d'eux. Son parfum de lys m'emporte dans une étable :

Un rayon de lumière pénètre par l'entre-bâillement d'une porte défoncée. Il éclaire un mur puissant et rugueux aux pierres inégalement superposées. Éparpillée sur une terre molle, la paille fermente dans des odeurs de fourrage, de bouse et d'urine. Une forte chaleur animale s'en dégage. Au fond de l'étable une ombre bouge. Sans doute une vache ou un cheval foulant le sol sous son sabot... Non ! Plutôt une respiration, un murmure, un chuchotement, celui d'un homme à genoux. Et puis des gémissements, des cris étouffés, ceux d'une petite fille en-dessous.

— Laisse-moi ! Je t'en prie, laisse-moi ! crie la petite fille.

Elle se débat. Ses mains comme ses jambes sont emprisonnées. À califourchon, l'homme bave sur son visage en larmes. Elle pleure autant qu'il transpire, ravageant l'innocence de la gamine. L'horreur me fait vaciller. Un voile obscur tombe devant mes yeux. Une main empoigne mon cœur, d'autres me serrent les poignets. Il y en a partout, que se passe-t-il ? Mes jambes sont écrasées. J'ai envie de vomir. Non ! Cet homme au-dessus de moi, je sens des secousses. Mon Sens est en elle. La peur s'efface. Plus de larme ni de cri dans ce petit corps d'enfant.

— Je suis navré.

— Navré de quoi ?

— De mon impudeur, lui dis-je bouleversé.

— À propos de quoi ?

— De sexe. J'ai été maladroit tout à l'heure et je voulais...

— Mais vous n'avez que ce mot-là à la bouche ! Ce n'est pas possible !...

— Ne vous fâchez pas Léa...

— Ne me touchez pas !... ne me touchez plus !

Écœurée, elle me repousse de la main, puis s'excuse. Nous repartons. J'avance mains dans les poches à ses côtés. Couvertes de poussière, mes chaussures sont aussi sales que moi. L'odeur de l'étable, encore présente, nichée au fond de mes sinus, encrasse tout mon être. Il me faudrait une douche, du savon et une brosse pour frotter ma peau jusqu'au sang, avaler la pomme, avaler toute l'eau pour me purifier dedans. Vomir, cesser de respirer même pour ne plus la sentir. Cette odeur, ô Léa Brandt ! Cette odeur que je sens n'est pas la mienne ! Et je transpire d'un désir qui n'a rien de criminel.

Nous passons devant le bronze de Sweig, auprès duquel une vieille femme couverte d'un fichu noir, disperse sur le gazon des miettes de pain collées au fond d'un sac. Les secousses du plastique effrayent une nuée de pigeons qui éclate en vol.

— Que faites-vous ? demande-t-elle surprise.

— Changement de côté, dis-je en passant mes mains sur ses épaules. Je ne supporte pas d'avoir quelqu'un sur ma gauche quand je marche. Cela ne vous dérange pas au moins ?

— Non, pas du tout, répond-elle amusée.

— Voyez, ainsi je me sens mieux pour parler.

Mais rien ne sort plus de ma bouche. La sienne se pince. Et comme un frisson qui l'aurait parcourue, elle remonte le col de sa veste. J'avance, ressentant encore la rondeur de ses frêles épaules moulées dans le creux de mes mains. L'effet s'estompe.

— N'avez-vous pas cette impression ?

— Laquelle ? dis-je en fixant ce genou que chaque pas dénude.

— Celle de nous connaître depuis longtemps.

Prenant une profonde inspiration, elle lève les yeux au ciel.

— C'est une journée magnifique, n'est-ce pas ?

— Magnifique en effet.

Il me faut lui saisir la main, voler un baiser, posséder ses lèvres et son corps entier. L'image, nette dans ma tête accélère les palpitations de mon cœur. J'ai peur de me faire jeter. J'hésite. Des torrents de sang engourdissent mes doigts et troublent ma vue. Ma bouche s'assèche. Et pas même un chewing-gum pour effacer l'amertume du café. L'air que j'aspire n'y parvient pas. J'y renonce.

Nos pas croustillent. Je ne compte plus le nombre de tours de jardin que nous avons accomplis. D'un coup de pied, j'envoie voler un silex au milieu du chemin qui roule jusque dans les fourrés. Comme lui, je voudrais me cacher des regards indiscrets, emmener Léa, détruire la réalité qui m'entoure et le temps qui nous presse ; l'envelopper de mots doux afin de protéger cet embryon de tendresse que je sens naître en moi. Un houleux désir caresse ma jeunesse et vaut tous les liftings du monde. Tiré dans tous les sens, ivre de fantasmes, le sol semble se dérober sous mes pieds. Titubant à ses côtés, je m'en amuse.

— Pourquoi riez-vous ainsi ? me demande-t-elle en me voyant dodeliner de la tête. Allez... dites-le moi.

— Vous m'impressionnez Léa.

— Oh, ne soyez pas ridicule !

— Si, je vous assure.

— Je n'ose pas croire qu'un flic puisse être timide.

— Qu'est-ce que le flic a à voir là-dedans ?

— Ne vous fâchez pas !

— Mais je ne me fâche pas. C'est que...

Je n'ose plus la regarder. Ma maladresse m'isole. L'émotion me piège.

— Et non seulement vous êtes douillet, de plus vous êtes susceptible ! Remarquez, les gens sensibles le sont souvent.

— Quoi donc... douillets ?

— Les deux.

— Et vous ?

L'indomptable animal se calme. Impénétrable Léa. Elle marque une distance dans laquelle s'engouffre la moiteur du jardin.

— Je ne crois pas, dit-elle en évitant d'un petit saut une flaque d'eau. Vous savez, dans notre métier, on finit par se blinder.

— C'est dommage.

— Pourquoi ? C'est une façon de se préserver, non ?

— On passe à côté de plein de choses en se fermant ainsi. L'échange d'énergie au contact de l'autre. N'avez-vous jamais ressenti cela ?

— Avec vous oui. C'est d'ailleurs troublant.

— Troublant ?

— Agréablement troublant... C'est que... Enfin vous voyez, ce n'est pas facile à exprimer. On se sent...

— Exister peut-être.

— Oui, c'est le mot juste. Exister, vous lisez dans mes pensées.

— Et qu'y verrais-je d'autre ?

— C'est une technique de drague ou quoi ?

— Pardon ?

— Vous faites comme cela pour emballer les femmes ?

— Je ne comprends pas.

— Oh, je vous vois venir avec vos gros sabots. Vous êtes bien tous pareils, vous les mecs. Me croyez-vous assez conne pour tomber dans le panneau et m'envoyer en l'air avec le premier venu !

— Vous m'écorchez Léa.

— Je me défends, voilà tout.

— Mais qu'ai-je dit qui puisse vous mettre dans cet état ?

— C'est vous, là !...Vos silences, la manière dont vous dites les choses. Je vois clair dans votre jeu vous savez !

Plaquant son sac en bandoulière sous son bras, elle regarde nerveusement sa montre.

— Je vais devoir vous laisser.

— Ah !

— Oui, des rendez-vous m'attendent. Ne m'en veuillez pas, quand un homme m'approche, je panique souvent.

— J'en ai pris plein la gueule vous savez.

— Je le sais et j'en suis désolée...

Avec une raideur bien maladroite, Léa me tend la main en ajoutant :

— Je comprendrais que vous ne vouliez plus me revoir.

Puis sans se retourner, elle passe les grilles du jardin pour disparaître sans se retourner dans la bouche du métro.

Je refais un tour en cherchant dans ma poche le petit briquet vert que j'ai toujours sur moi. Je le tripote, cela me détend. Frotter la pierre avec mon pouce dissipe l'aigreur qui me ronge. Comme un cannibale fou, j'aurais souhaité dévorer quelques mots tendres, lécher ce fruit, croquer sa chair, m'empiffrer de son être à l'excès. J'ignore où je vais. Peu importe.

Soudain, je sens croître dans mon ventre un arbre que je pensais mort à jamais. Il pousse, chatouille, exalte mes sens à l'extrême, embellit la vie, fait oublier le passé en se moquant de l'avenir. Je ressens croître l'arbre de l'instant. Ses feuilles frissonnent sous mes pas, se défroissent sur chaque détail d'elle dont je demeure empli. La voix de Léa coule en moi, mais son image devient floue. Les traits s'effacent, je la perds. Elle me manque déjà.

Je traverse la place Edmond Rostand et entre dans un café de la rue Soufflot prendre un thé. Près de ma table, deux filles et un garçon s'interrogent, fiches à la main, sur la spécificité des contrats en droit civil. Devant moi, une vieille pomponnée tente de faire obéir son caniche à l'aide d'un sucre qu'elle feint de lui donner : « assis, assis,... » Lui dit-elle avec insistance. La bête saute sur ses genoux et manque lui croquer un doigt.

Dehors, un troupeau de passants traverse dans les clous puis s'éclate sauvagement sur le trottoir. Je pense à George en ôtant le sachet de la théière. Selon lui, il faut prendre les femmes sans les comprendre, laisser sa queue sonder le plaisir pour percer l'amour... L'orgasme oui, mais l'amour n'a rien à voir là-dedans ! On tire sa crampe, puis c'est l'impasse, la gueule de bois, la déprime. Chacun attend de l'autre une marque de tendresse dans le silence des mots. Ce yoyo entre le spleen et l'euphorie dope la vie sexuelle de George, toujours prêt à recommencer, malgré tout avec une autre, avec toutes les autres s'il le faut.

Assis, je souffle comme un con sur le thé chaud avec l'irrésistible envie d'inhaler l'éparse fumée bleue qu'un vieil homme accoudé au comptoir, recrache. M'en griller une, me dis-je, en grattant la pierre du briquet, rien qu'une, juste pour satisfaire ce désir au détriment d'un autre insatisfait. Privé de

Léa, j'entends combler ce manque, renoncer à ma promesse envers Agathe, céder au poids de cinq années de privation. Depuis la mort de Barbara, je n'ai plus touché une cigarette. Et voilà qu'aujourd'hui, je brave l'interdit. Alors, je me lève, me dirige vers cette buraliste triste au teint blafard qui, ornée de moult jeux de hasard, ressemble à un timbre-poste. J'hésite sur la marque et ne me souviens plus des prix. Six euros. L'État se gave, tout de même. Je regagne ma place en déballant le film plastique du paquet. J'approche vers moi un cendrier. Les notes à peine audibles d'un piano planent dans l'estaminet.

La première bouffée, terrible, arrache mes poumons comme ceux du nouveau-né que l'air déchire d'un premier cri. Néanmoins, le plaisir tiré de chaque taffe m'étourdit tant que j'en oublie le goût âpre me restant dans la bouche. Je répète le geste automatique en pensant à Léa, jusqu'à ce que le tabac incandescent me brûle les doigts. Le vieux n'est plus au comptoir. La mélodie s'achève. Le plaisir écrasé s'éteint dans le cendrier. J'en rallume une autre aussitôt. Le poison agit, le passé aussi.

Barbara et moi nous sommes rencontrés la première fois dans un point presse-tabac de la rue du Poteau. Sans l'erreur du commerçant, jamais je ne l'aurais remarquée. En échangeant nos magazines, nos regards se sont croisés. Nos mains aussi, je crois, se sont touchées. L'instant miraculeux a soulevé mon âme et bouleversé mon cœur. Je m'en souviens encore comme si c'était

177

hier : un doux visage illuminé dont la pureté égalait celle d'un ange.

Les matins suivants, à huit heures pile, nous nous retrouvions au point presse. Un rendez-vous implicite, dû bien sûr au hasard et toujours marqué d'étonnement pour masquer notre enthousiasme. J'espérais une longue file d'attente afin de lui parler. À vrai dire, les mots importaient peu, des politesses, quelques banalités car au seul timbre de sa voix, je vibrais. L'œil perçant, le sourire complice, le patron n'hésitait plus à lancer à la volée « À demain, les tourtereaux ! ». J'arrivais plus tôt, je prenais un café en face pour être certain de ne pas la rater. Barbara était orthodontiste et tenait un cabinet deux rues plus bas. Et puis, un matin, j'ai proposé de l'accompagner à son cabinet...

Voilà... Depuis cinq ans, je n'ai plus ressenti pareille émotion, me dis-je en écrasant la seconde cigarette.

Les vibrations du portable me font sursauter. Je le sors de ma poche : George me demande de ramener mes fesses dans le douzième, à l'Institut médico-légal. Je quitte le bar.

À la station Saint-Michel, le métro fourmille d'usagers. Je déteste la foule et j'abhorre les autopsies. Pauvre George, il doit se tartiner le nez de Vicks pendant que le légiste et ses assistants dissèquent le cadavre à coup de scalpel aux mollets, aux cuisses, dans le dos et aux bras pour détendre la peau. Et imaginer, ne serait-ce qu'un instant, l'insupportable scie rotative rayant l'os du crâne pour le décalotter me donne des nausées. Selon George, l'homme aurait trente-huit ans et serait mort par pendaison à domicile.

Devant la grande bâtisse en briques rouges, le bruit des voitures, des klaxons cessent pour faire place à un silence mortuaire. Passées les portes, dans le grand hall, l'odeur du formol envahit l'accueil. Trois secrétaires derrière un comptoir, froides dans leur blouse blanche, respirent la tristesse. Je m'assois sur un banc accolé au mur, en face d'elles en attendant George, un seul officier de police judiciaire pouvant assister à l'autopsie. J'en suis bien aise. L'endroit est morbide. Parfois, une porte claque. On ne la voit pas. On entend aussi les roulettes d'un brancard chargé d'un cercueil trembler sur le sol marbré. Une autopsie, ça secoue toujours, ça stresse. Il suffit de voir la mine grise de George lorsqu'il en revient.

— Tu brilles encore un peu, là, lui dis-je, tandis qu'un kleenex à la main George s'applique à retirer le Vicks.

— Ça brûle cette saloperie, putain ! Mais je préfère encore ça à l'odeur. La mort me tue à chaque fois, tu le sais...

Nous sortons de l'Institut et arrivés près de la voiture, il me tend les clés.

— Vas-y, conduis, je suis vanné.

— Alors ?

— Alors quoi ?

— Bah, tu m'expliques !

— Pas de traces de violences. En revanche, le mec s'est mis une sacrée dose d'alcool avant de se suicider, j'te dis pas, rétorque-t-il en s'affalant sur le siège passager.

— Et c'est tout !

— Vas-y, roule !

— Eh George, si tu m'as fait venir ici uniquement pour te chauffer j'te préviens, je passe par la maison, et tu te démerdes.

— Attends ! Prends à droite, là, là, dit-il en se trémoussant avant de me balancer, alors ! Elle est bonne, hein ! Elle se rase la foufoune ou elle porte le tablier de forgeron, dit.

— Très poétique... si, si, je t'assure, fis-je en grimaçant.

— Oh !... Fais pas la gueule, je déconne. Elle est blonde ou brune ?

— Blonde. Et des yeux, si tu savais… d'un bleu, mais d'un bleu…

— J'm'en tape des yeux. Parle-moi de ses seins, son cul ! Soit précis, merde !

— T'as qu'ça en tête, obsédé !

— Quatre-vingt-dix D, sûr ! dit-il convaincu en claquant des doigts. Eh dis-moi ! Elle porte un string ? Oh ! Je parie sur la dentelle noire.

— T'excite pas. Il ne s'est rien passé.

— Tu lui as touché ses nichons au moins, demande George en se tripotant la poitrine.

— Tu m'écoutes, je viens d'te dire qu'il ne s'est rien passé.

— Putain ! Moi les fausses blondes me font bander, de vraies chiennes au lit. George s'allume un clope, descend la vitre, soufflant au dehors une bouffée et poursuit… Bon ! Qu'est-ce qu'elle a ta toubib qui te rend si con ? C'est vrai quoi !

— Tu ne peux pas comprendre, t'es dans le cul, George, pas dans le cœur.

— Ah ouais ! reprend-il piqué. Les deux vont de pair, mon vieux. Parce que jouer du violon sans mettre dans le fion, tu m'excuseras…

— Le respect. Ça te parle !

— Ah pardon ! Monsieur vit dans un autre siècle... Eh, oh ! Réveille-toi Dan ! C'est fini le romantisme, la poésie, tout le tralala. Tu plais, tu niques, un point c'est tout. Consumérisme sexuel du vingt-et-unième siècle. Faut te mettre à la page, vieux. Si ça se trouve, elle est même repartie frustrée ta copine.

— Je ne crois pas, là. Ce n'est pas le genre à aimer les hommes qui ont une bite dans le cœur, vois-tu !

— Ce n'est une question de taille... Non ! Ne me dis pas qu't'es tombé amoureux d'elle, putain ! Pas toi. Tu la connais à peine. Tu ne l'as même pas touchée. Hein ! Tu ne l'as pas touchée, dit ?

Je file sur les quais de Seine, passe devant l'Académie française et lui dis :

— La première fois, j'ai su. Difficile de comprendre, surtout pour toi George, mais quand tu le ressens, tu sais. Devant l'évidence, je me suis dit c'est elle. Tu vois, je t'en parle, et là encore je la sens près de moi en train de suturer ma plaie.

— Ouais... bah, gaffe à la déchirure, hein.

— Elle est en moi, je n'ai qu'elle en tête : belle, des mains fines, une taille de guêpe et des chevilles frêles dans des escarpins noirs. Et ses jambes, George ! Des jambes, mon Dieu ! renversantes.

— Là, tu m'intéresses.

— Tu l'aurais vu se pointer au café dans sa petite jupe noire fendue, légèrement maquillée... Y avait deux mecs assis à côté qui n'arrêtaient pas. Ils mataient, bavaient dessus, j'te jure ! Ça m'énervait. Jaloux quoi ! Tu te rends compte ! Jaloux, moi !

— Ouais, ouais, j'ai connu ça. C'est chimique, ça dure trois ans. Rétorque George, blasé.

— Et puis tu sais, elle est classe, maladroite à la fois avec un zeste d'étrangeté qui me plaît bien, quoi.

— T'es mal barré dit-il en jetant sa clope par la fenêtre. Au fait, je te préviens, demain on a une opération stups, cité des Canadiens. Devine chez qui ? Je te le donne en mille...

— La famille Bomba !

— Gagné ! Donc, six heures au poste pour une séquence émotion.

— Qui paye les croissants ?

— Le gros Luc, bien sûr. Tu le connais celui-là. Toujours prêt à garder les véhicules pour éviter la perquisition.

— Ça risque de chier ! On est nombreux ?

— Six avec toi.

George me dit :

— Putain, je pue la mort. Tu sens pas ?

— Et on l'a retrouvé où, le type ?

— Pendu au plafond de sa cuisine.

— Qui l'a trouvé ?

— La gardienne qui lui fait son ménage. Enfin, elle lui faisait.

— T'as pris des photos et placé la corde sous scellé ?

— Ouais...Tu veux peut-être m'apprendre le boulot aussi ! Tiens, mets le bleu, on n'avance pas ici.

George allume la radio. Et dans tout ce brouhaha il me dit encore :

— Tu vois Dan, finalement le bonheur pour un mec, c'est d'avoir une femme et une maîtresse.

Nous remontons le boulevard Magenta sur *We are the champion* de Queen. Mon regard glisse sur des vitrines en tous genres. Je pense à elle, imaginant ce champion qui aurait eu le courage d'enlever Léa. Quand j'y pense, filer sur l'autoroute à grande vitesse en laissant derrière nous cette morne vie aux moribonds ; foudroyer le temps, marteler la vie à coups de sentiments dans le grondement des vagues, cela paraît simple. Tout se complique quand il s'agit de l'exprimer.

Nous arrivons devant la porte de mon immeuble.

— Tu montes boire une bière ?

— T'es gentil Dan, mais demain, faut se lever de bonne heure. En plus, je dois boucler la procédure pour la faxer au parquet.

21

La nuit, je dors mal, et lorsque cinq heures sonnent, je bondis sur le réveil pour ne pas réveiller Agathe. En sortant de la douche, je vois ma mère dans la cuisine s'affairer à préparer le petit déjeuner. C'est plus fort qu'elle.

— Qu'est-ce que tu fais debout ? Fallait rester couchée maman !

— Je m'occupe de mon fils. Alors comment ça s'est passé hier ?

— Ecoute, je n'ai pas le temps de t'en parler. Il faut que j'y aille, dis-je en avalant un fond de café.

— Tu n'as rien dans le ventre. Emporte au moins une madeleine !

— Embrasse fort Agathe pour moi, OK. Bisous maman.

L'équipe est au complet lorsque j'arrive au commissariat. Jérémy Bomba patiente sur un banc, mal réveillé, menottes aux poignets. Gros Luc cherche les clés de la voiture, un sac de croissant à la main.

— On commencera par la cave, puis au dom, dit George.

La ville dort encore. Jérémy Bomba se tortille dans la voiture, se plaint des menottes qui lui font mal. Sa voix rauque souffle une haleine fétide.

— On n'en pas pour longtemps lui dis-je par le rétroviseur, reste tranquille, t'auras moins mal.

— Y a qui chez toi ? S'informe George en se tournant vers lui.

Gros Luc, assis à l'arrière auprès de Jérémy l'observe.

— Ch'ai pas moi, dit-il la tête basse... Ma mère.

— Et tes frangins, ils sont chez toi ?

— Un seul, l'autre est en zonzon, à Fresnes.

— Pour stups ?

— Tu l'sais. Eh m'sieur ! Pourquoi on va chez moi, ça n'sert à rien.

— On arrive, dis-je en stationnant le véhicule près de la cité, tous feux éteints.

Aucune trace de came. Pas l'once de poudre de cocaïne ni de résine de cannabis dans la cave que l'on a pourtant retournée dans tous les sens. Dans une odeur de poubelle chaude, on monte maintenant dans l'escalier pour accéder chez lui. Les murs en crépi beige sont tagués tout du long, une ampoule sur deux est brisée. Arrivés devant la porte, je dis à Jérémy :

— Tu mouftes pas et ça se passe bien, ok ?

La haine dans son regard noir dilate ses narines. Il ne dit rien. On sonne, on frappe à la porte énergiquement. George hurle « police », puis se tournant vers nous, lance :

— On entre, on fige la situation. Vous quatre, visite de toutes les pièces. On rassemble tout le monde. Toi Dan, avec moi et Jérémy.

Une femme noire en robe de chambre, au gabarit imposant nous ouvre.

— Qu'est-ce qui passe ?

— C'est rien maman, t'inquiète, répond Jérémy qui tente d'avancer vers elle.

— C'est la police, madame, on vient perquisitionner, répond George en rentrant.

— Y a rien ici, qu'est-ce que vous voulez ? dit-elle en suivant les collègues qui scrutent chaque

188

pièce de l'appartement. Où ils vont ceux-là, j'suis chez moi ici !

On patiente dans le couloir avec la mère. S'adressant à son fils, elle lui dit :

— Qu'est-ce que t'as encore fait ?

— Rien, répond nerveusement Jérémy.

Ses yeux inquiets cherchent les quatre collègues. Les muscles de ses bras se raidissent, prêts à bondir au moindre dérapage. Je le serre plus fort pour marquer mon emprise. Une odeur fauve de sueur et d'épices transpire des murs. Au fond, ça se passe mal.

— Vas-y Franck ! crie Jérémy, laisse faire. Enculé, touche pas mon frère ou j'te défonce.

La mère se tape sur la tête, entre dans une transe qui excite Jérémy.

— Touche pas ma mère ! Enculé, beugle-t-il à George qui tente de la calmer.

Amené au sol et menotté dans le dos, nos collègues viennent à bout du frère qu'ils trainent dans le couloir jusqu'à la salle-à-manger. Des cris de la mère aux insultes des frères, la situation devient explosive. Dans ce vacarme, Jérémy me met un coup de tête pour se dégager et se rue sur George. Je le rattrape par les menottes et lui balaye les jambes. Il revient sur moi et je lui claque le nez d'un coup de pied au visage. Je dois l'étrangler, étouffer la bête pour la calmer. George menotte à son tour la mère hystérique qui hurle tout ce qu'elle peut. Gros Luc qui vient d'arriver ferme la porte de l'appartement et s'assied sur le dos de Jérémy. La perquisition commence. Depuis la salle-à-manger, l'autre frère maintenu au sol crache, bave des insanités. Chaque pièce se retrouve sens dessus dessous, les armoires vidées, les valises verrouillées éventrées à l'aide d'un couteau. On dépouille tout avec la hargne d'un Malinois. Notre enthousiasme s'érode. Malgré le poids de gros Luc sur son dos, Jérémy relève la tête et ricane. Sans came, pas de taule, il le sait bien.

La même déception se lit sur le visage des collègues. Tout ça pour rien. Dans le couloir, George s'attarde cependant sur la panière blanche pleine de linge sale. Personne n'a pensé à la regarder. Soudain, Jérémy remet ça.

— Franck ! Putain Franck, hurle-t-il, dis à ces enculés de lâcher maman.

— Vous entendez, bande de fils de pute ! répond Franck.

George soulève la panière et renverse le contenu sur la tête de Jérémy.

— C'est drôle Jérémy ! dit George en la secouant au-dessus de lui. Même vide, elle pèse encore, cette panière. Qu'en penses-tu Dan ?

— C'est quoi dans le fond ? Dis-je en déchirant le chatterton blanc qui le tapisse. On blanchit le linge comme ça chez les Bomba, regarde George ! Il y a au moins cinq kilos de cannabis là-dedans.

— Bon les gars ! Une suite pour les Bomba ! Allez hop, au poste !

Au commissariat tout le monde s'affaire derrière la bécane. Les heures ponctuées par le crépitement des claviers passent sans que l'on s'en rende compte. Même Luc, emporté par le rythme, saute le repas de midi. L'émulation nous lie à mesure que la procédure se construit. Les procès-verbaux sortis tout chauds des imprimantes s'empilent comme un millefeuille. Et dans le chassé-croisé des auditions surgit enfin la crème délicieuse de l'aveu. La mère Bomba craque sur le bureau de George. À chaudes larmes, elle le supplie de ne pas l'envoyer en prison.

— Madame Bomba, gardez vos larmes pour le juge. C'est lui qui décide ! Maintenant, si vous me donnez le fournisseur, là, je pourrais peut être faire quelque chose.

— Mais je ne le connais pas, dit-elle d'une voix plaintive en s'essuyant les yeux avec la manche de son pull. Jérémy m'a dit que je devais juste récupérer le paquet.

— Vous saviez que c'était de la drogue ? Et le fournisseur, comment il était ! Hein !

— Vous avez un mouchoir ?

— Dan, donne-lui un mouchoir.

Je tire sur le rouleau des pleurs, un ruban de papier toilette fixé au mur. Bomba se mouche dedans, renifle, s'essuie l'œil, pensive, puis en plie chaque coin pour en faire une boule qu'elle serre dans la main.

— J'vais pas partir, dites, j'vais pas partir ?

Le téléphone de George retentit à ce moment. Il décroche :

— Encore ! Mais c'est pas possible ! Où ça ? Y a de la famille ?... Un ami ! D'accord, fait-il en me désignant du doigt. Le lieutenant Dan va se rendre sur place... Putain, on avait besoin de ça, ajoute-t-il en claquant le combiné. Lequel de nous est chat noir, bordel ! Je suis sûr que madame Bomba connaît un marabout, n'est-ce pas madame Bomba ?

Elle baisse les yeux.

— Alors ? Lui dis-je.

— Un pendu.

— Encore ! Où ça ?

— 7, rue de l'Abreuvoir, troisième étage.

Tout en rassemblant mon matériel, George ajoute :

— T'inquiète, on va se débrouiller ici. Prends le Rongeur avec toi, j'appelle l'identité judiciaire.

— Laisse tomber. Je me débrouillerai avec le numérique.

— T'as les réquisitions ?

— Tu me prends pour un jambon.

Je cherche nerveusement dans les tiroirs du bureau l'appareil numérique en maugréant : qu'est-ce qu'ils ont tous à se pendre ? Ils ne peuvent pas attendre qu'on soit en congé pour ça !

— Tiens, cherche pas ! dit George, c'est moi qui l'ai.

22

Bien content de sortir du bureau, le Rongeur me conduit à l'adresse. À chaque virage qui nous ballotte, mes pensées oscillent de l'affaire Bomba à ce pendu dont j'ignore tout. L'urgence résonne. J'annonce notre mission par radio. Et sur une longue ligne droite, je pense à Léa.

— On y est lieutenant !

Un homme en costume gris patiente devant l'immeuble.

— Vous êtes ? lui dis-je en me dirigeant vers lui.

— Thomas Berck, l'ami de James Montrouge.

— C'est vous qui nous avez appelés ?

— Oui monsieur. Mais que se passe-t-il ? On n'a pas voulu me laisser entrer. Où est James ?

— Montez dans le véhicule en attendant, monsieur Berck, je vous expliquerai plus tard.

L'odeur putride de la mort s'intensifie à mesure que je monte. Les premiers collègues ont ventilé les pièces en ouvrant les fenêtres. Dans l'appartement vaste et blanc, toute chose semble à sa place, immobile, silencieuse. La porte d'entrée n'était pas verrouillée, seulement claquée. Pas d'effraction ni traces de luttes apparentes, hormis une chaise encastrée sous la table de la salle à manger. Pendu à la plus haute marche d'un escalier en colimaçon, la pointe des pieds du cadavre effleure le sol. Il porte des chaussettes noires, un pantalon en velours côtelé et une chemise blanche. La tête cyanosée de James Montrouge repose mollement sur l'épaule, prête à céder sous le poids du corps. Je demande au Rongeur de prendre des photos et aux effectifs de nous attendre dehors. Ganté, je l'examine avec précaution. Je retiens ma respiration à cause de l'odeur insupportable. Aucune trace de lésion sur l'épiderme. L'abdomen est noir, les membres rigides, tandis que sur le reste du corps, la peau diaphane transpire un pus verdâtre. J'appelle le Rongeur pour qu'il regarde. Il rechigne en se cachant derrière l'appareil.

— Prenez-le au moins de face ! Il ne va pas vous sauter dessus, merde !

— L'odeur ! Putain... J'en peux plus. Je peux en griller une petite ?

— T'en as une pour moi ? dis-je, l'œil fixé sur le nœud du pendu.

195

— Depuis quand fumez-vous ?

— Donne. Alors double nœud ici, dis-je en gravissant les marches... et double nœud là... Alors, amène ta truffe et prends-moi ça en photo.

Je monte à la chambre desservie par l'escalier en attendant l'arrivée du légiste.
— Vu l'appart, le mec ne devait pas être dans le besoin.

— Ingénieur informatique, dis-je brièvement.

— Comment vous savez ?

— J'ai sa fiche de paye sous les yeux. Monte et cherche avec moi.

Je fouille partout et tombe sur un carnet rempli de numéros, d'adresses, m'arrête sur des photos de lui, souriant à pleines dents, assis sur la coque d'un bateau.

— On cherche quoi, au juste ? demande le Rongeur, le torse englouti dans un placard.

— Un papier, une ordonnance, je ne sais pas moi, quelque chose qui expliquerait son acte. Cherche... Il doit avoir de la famille ce mec-là, merde. Je ne trouve rien.

— Lieutenant Dan ! hèle une voix, depuis le couloir, le légiste.

Je descends l'escalier pour le rejoindre. Le Rongeur n'a d'autre choix que de venir nous aider à décrocher le pendu.

— Attention messieurs, dit le légiste en soulevant le cadavre avec moi par l'entrejambe, il pourrait exploser et là, je ne vous raconte pas les dégâts.

Le visage crispé, le Rongeur sectionne la corde en nylon sans la lâcher.

— C'est ça, doucement, doucement... Bon, commençons par lui prendre la température...

Quelque chose ne colle pas, me dis-je en allant vers la cuisine. Dans l'évier, je vois un verre sale et un paquet de cacahuètes traînant sur un coin de table. Mais aucune lettre du suicidé. Rien. Ce mec à mon âge, beau, athlétique, photogénique, plein de fric, je ne comprends pas, ça m'énerve. Et pendant que le légiste s'active à examiner le corps, je retourne voir son ami Thomas je ne sais plus quoi.

— Berck, monsieur, me dit-il en sortant de la voiture, Thomas Berck.

— Je dois vous apprendre le suicide de votre ami.

197

—IMPOSSIBLE !!! Pas James, dit-il en tournoyant sur lui-même la main au front. Il aime trop la vie, je peux monter s'il vous plaît ! Je ne peux pas le croire. James, James... c'est... c'est un gagnant James...

— Etait-il dépressif, malade, une déception amoureuse, peut être ?

— James amoureux ! Vous plaisantez. un tombeur, oui. Il collectionne les nanas. Il lui fallait en changer toutes les semaines, sinon il se lassait. Merde ! Voilà que j'en parle au passé. Je peux me rasseoir ?

— Allez-y.

J'ouvre la portière. Thomas Berck s'effondre sur le siège arrière de la voiture, en larmes. Il sort soudain de ses mains son visage rougi, brûlant, les yeux injectés de sang.

— Je dois le voir, s'il vous plaît.

— Suivez-moi, lui dis-je en le guidant par le bras. Dans l'escalier, je lui demande encore : il a de la famille ?

— Pas que je sache.

— Depuis combien de temps le connaissez-vous ?

— James... depuis le collège.

— Vous lui connaissez des ennemis ?

— Pas du tout !

Nous entrons dans l'appartement. Le Rongeur reste à côté de Thomas Berck qui, face au corps de son ami, devient livide. Il semble ne pas le reconnaître, sort un mouchoir de sa poche qu'il place devant sa bouche pour s'empêcher de vomir. Le légiste m'entraine vers la cuisine. Il termine son rapport sur la table. Pour lui, la mort remonte à quatre jours et résulterait d'une rupture aux cervicales. J'obtiens cependant du juge qu'une autopsie soit ordonnée. Thomas ne quittera pas son ami jusqu'à l'arrivée des pompes funèbres.

Sur le chemin du retour, Thomas Berck alimente encore le doute. L'hypothèse d'un homicide maquillé en suicide effleure mon esprit. Le soupçon m'envahit. Mais quel en serait le mobile ? Pas d'héritier ni de jalousie maladive d'un ami et pourquoi pas Thomas Berck, qui sait ? Il faut que je cesse avec toutes ces conjectures, que je m'en tienne aux faits. D'abord, reconstituer son emploi du temps, l'environnement, voir les minettes qu'il fréquentait, et à en croire Thomas, j'ai du boulot sur la planche.

Au poste, je croise George qui me dit avoir envoyé les frères Bomba au trou.

— Et la mère ?

— Une convocation. Putain, si je ne l'avais pas retenue, elle m'aurait baisé les pieds. Et toi ?

— Suicide. Nous en reparlerons tout à l'heure.

George ajoute en s'éloignant le sourire aux lèvres :

— Au fait ! Dame Bomba m'a donné l'adresse d'un marabout.

Je prends la déposition de Thomas Berck, tandis que le Rongeur sort les photos sur l'ordinateur. En fin d'audition, il se relit, hésite avant de signer, me regarde stylo levé pour me dire :

— Vous n'y croyez pas non plus, n'est-ce pas ?

Gêné, je lui réponds :
— Signez monsieur Berck, je ne peux rien vous dire pour le moment.

Il signe nerveusement, se lève au moment où George reparaît dans le bureau, puis ajoute en me serrant la main :

— James ne se serait jamais suicidé, jamais. J'espère que vous le prouverez lieutenant, n'hésitez pas à m'appeler si vous avez besoin.

— De quoi parle-t-il, celui-là ? demande George.

— J'ai un doute, George. Quelque chose cloche dans ce suicide. Je ne sais pas... je ne le sens pas.

— On s'en fout de ce que tu sens, putain ! T'as des indices pour étayer ?

— J'attends le résultat de l'autopsie.

— T'y es pas allé ?

— Tu sais, la barbaque et moi on ne fait pas bon ménage... T'as fini avec les photos ?

— Dans trois secondes, répond le Rongeur.

— Vire de mon burlingue, demande George d'une tape à l'épaule et laisse-moi voir ça.

De mon côté, j'appelle au hasard les numéros figurant sur le calepin. Que des femmes, sèches, occupées, amoureuses de lui ou en détresse, mais aucune capable de me fournir une piste. Je les raye au fur et à mesure, passant plus de temps à m'expliquer sur les raisons de mon appel qu'à obtenir des informations.

— Je ne vois pas ce qui te gêne là-dedans, lance George, visionnant les photos avec le Rongeur par-dessus son épaule. Et excuse-moi, mais les miennes sont mieux réussies. Viens voir Dan.

— Je n'ai rien, pas une lettre, pas une raison plausible expliquant le suicide d'un mec en pleine force de l'âge, friqué et beau gosse par-dessus le marché, dis-je en m'approchant de l'écran.

— Putain, tu ne trouves pas qu'on assez de boulot comme ça ? Regarde, mon pendu non plus n'a rien laissé. Tu crois que je me suis fait chier ? Le parquet classe, point barre.

— Attends ! Reviens sur celle-là, zoom dessus.

— Quoi ? Celle-là !

— Oui ! Le nœud ...

— Quoi, le nœud ?

— Tu as gardé le scellé du tien ?

— Oui pourquoi ?

— Apporte-nous les scellés des deux cordes, Charlie.

— Ça y est. Non content de chercher un hypothétique meurtrier voilà que le Lieutenant Dan se lance sur les traces d'un Serial Killer ! Faut que je t'arrête. T'as besoin de prendre des vacances toi, hein !

— Fais apparaître les miennes sur l'écran, j'ai vu un truc.

George s'exécute, mais ajoute :

— Non, sérieusement, faut que t'ailles tirer un coup, tu m'inquiètes là.

— Regarde putain ! Regarde !

— Oui, répond-il sereinement, je vois deux pendus habillés, et alors... le mien plus frais que le tien, c'est certain.

— Mate leur pantalon, tu ne vois rien ?

— Quoi ?

— Les deux n'ont pas de ceinture, dis-je en tapant du doigt sur l'écran.

— D'accord, et...

— T'enlèves souvent la ceinture de ton pantalon ?

— Non, mais n'te gêne pas, dit-il en décrochant le combiné du téléphone, appelle le juge, vas-y, dis lui que t'es sur la piste d'un serial killer, j'suis sûr qu'il va te donner une commission rogatoire pour ça.

— Te fous pas de ma gueule George.

— C'est toi qui déconnes mec ! Enfin Dan, atterris merde !

Charlie le Rongeur entre perplexe dans le bureau, un scellé dans chaque main.

— Regarde George ! On a le même double nœud sur chaque corde.

— Je ne te suis pas Dan, dit-il en allumant une cigarette, enfoncé dans son fauteuil, je n'ai jamais entendu pareille hypothèse. Détaille tout ça !

— D'accord, d'accord, c'est le fruit de mon imagination, soit, mais conviens que ça fait beaucoup de coïncidences, tout de même !

George se ferme. Alors, je me tourne vers le Rongeur troublé par mon enthousiasme.

— Ça ne mange pas de pain de fouiller un peu, t'es d'accord non ?

— Sans moi, répond George.

— Moi je veux bien, dit le Rongeur levant le doigt en l'air.

— Eh ! Eh ! Eh ! Vous allez arrêter tous les deux. On n'a rien, rien et rien... d'accord ?

— Avoue quand même que c'est troublant.

— Coïncidence, crie George en se levant, c'est tout.

— D'accord, d'accord, laisse-moi au moins faire des recherches sur leur emploi du temps respectif, on verra bien.

— Fais, fais, je t'en prie !

— Ta banquière nous aiderait bien.

— Géraldine ! Hors de question. On baise ensemble et c'est tout.

— George, merde ! Tu sais que je suis bloqué, sinon le juge ne me suivra pas.

— Mais qui t'as foutu cette idée dans la tronche ! C'est l'autre-là, Thomas machin... c'est lui ?

— Alors ?

Il écrase sa cigarette en grommelant, et finit par me dire :

— Tu fais chier putain. Je ne te garantis pas qu'elle veuille, je te préviens.

— Je sais que tu peux être très persuasif quand tu veux.

— Ouais, ouais, c'est ça. Je te préviens, après tu m'oublies, ok.

— Viens prendre un café, j'te l'offre, dis-je en faisant un clin d'œil au Rongeur.

Le soir, je retourne seul aux deux adresses pour faire la tournée des pipelettes. Une odeur de poisson frit sort de la loge de la gardienne du 7, rue de l'Abreuvoir. Elle m'explique que James Montrouge rentrait tard le soir et partait tôt le matin, charmant, discret et sans histoire, accompagné souvent d'une femme, jamais la même.

— Vous souvenez-vous de sa dernière ?

— Vous savez, me dit-elle en jetant un œil sur sa cuisson, il en est tellement passé.

L'enquête de voisinage n'apporte rien de plus. Je file alors à l'autre adresse, chez le suicidé de George, Carl Pitch. En voyant le gardien, je comprends tout de suite pourquoi il ne l'a pas entendu. Un poivrot, une serpillère cet homme, incapable d'aligner deux mots en rallumant sans cesse son mégot.

Il est tard et l'enquête n'avance pas d'un iota. Pourtant il me faut des billes. Si seulement je trouvais une piste, ça lui en boucherait un coin à George. Il n'y a que cela qui me tienne. Je n'arrive pas à me l'ôter de la tête. Ces deux suicidés sont liés, j'en ai la certitude, avec derrière un meurtrier, je le sens, je le sais, j'en suis sûr. Je regarde ma montre :

vingt-et-une heures. Je me frotte les yeux, ébloui par les feux des voitures qui croisent ma route. Maman a dû coucher Agathe. Allez ! Encore un endroit à voir et j'espère bien y dénicher quelque chose.

J'entre sur le parking du Gymnasium. Au-dessus du bâtiment, des néons verts colorent la nuit, teintent quelques flaques d'eau. Bienvenue dans l'usine à sueur, me dis-je en poussant la porte d'entrée. Je me colle au comptoir du bar situé à droite et commande une Leffe pression. Derrière de grandes parois en verre, des gens courent sur des tapis, pédalent, se musclent sur des appareils en tous genres, écouteurs aux oreilles, bandeau anti-transpirant sur le front, concentrés dans l'effort. Peu se parlent. Deux couples assis à des tables roucoulent devant un verre. Lorsque le barman revient avec ma mousse, je présente ma carte professionnelle en lui demandant de voir le res-ponsable. J'étanche ma soif sur un air de Sting, *Fragile.* L'amertume de la bière glisse dans ma gorge sous une fraîcheur pétillante. Je repose le verre, le fait tourner observant à travers sa couleur ambrée l'étincelle qui animera ma vie. Léa n'est pas mienne et cependant, l'image obsédante de son visage me revient à l'esprit.

— Bonsoir monsieur, le directeur n'est pas là. Je suis l'adjoint, que puis-je pour vous ?

J'explique mon problème sans entrer dans le détail. Il semble conciliant et m'entraîne vers son bureau. Il sort une liste de son tiroir en précisant :

— Chaque mois, nous actualisons nos listes vous savez, veuillez me rappeler son nom.

— Pitch, Carl Pitch.

— Pitch, Pitch, Pitch, ah! Carl Pitch. Oui ça fait six mois qu'il est chez nous.

— Vous le connaissiez ?

— Vous savez monsieur nous avons six cents personnes qui tournent en permanence ici, alors...

— Pourriez-vous me faire une copie de vos listes.

— Vous avez une réquisition ?

— Pas sur moi, non.

— Alors je suis désolé, comprenez !

— Ce n'est pas grave, je reviendrai merci.
Je paye ma bière au barman en train de lustrer le cuivre du comptoir, je vide mon verre cul sec et rentre chez moi.

23

Quand on passe devant, les cages vides du commissariat reflue une odeur de frites froides et de chaussettes trempées dans un jus de basket. Des emballages Mac Do traînent encore dedans. Dans un silence religieux, Kali chausse ses lunettes demi-lunes derrière le bat-flanc, vérifie les registres de sa brigade. Le radio s'exerce au SUDOKU et la permanence-assistant au chef de poste travaille son droit pour passer brigadier. Le calme n'est pourtant qu'apparent.

À peine suis-je entré dans le bureau que George m'annonce fièrement sa connerie :

— Le coq est furieux. Putain ! Je peux te dire qu'il ne fait pas bon de se promener au premier.

— Qu'est-ce que t'as fait ?

— Moi rien ! Mais la pintade... T'aurais dû l'entendre gueuler. Il hurlait autant qu'elle gloussait ! Une heure avant de s'en débarrasser ! On était morts de rire derrière sa porte. Depuis ce matin, il cherche qui a pu lui faire un coup pareil et il est loin de me soupçonner !...

— Pourquoi ça ?

— Parce que sans mon aide, il n'en serait pas venu à bout.

— Malin.

— Retiens ce dicton Dan : un vieux poulet doit savoir ruser comme le renard pour affoler le coq.

— Tu prends un café ?

— Non, je dois sortir euh... j'ai un rancard. Tu vois ce que je ce que je veux dire...

— Pas de problème, je gère.

— Au fait, j'ai obtenu ce que tu voulais par Géraldine. Tiens...

— Génial !

Je regarde chaque relevé bancaire cherchant l'indice, un lieu commun où ces deux personnes seraient allées. Des frais divers, DAB, DAB, DAB, je n'ai que des DAB pour l'un comme pour l'autre, des restaurants, Monoprix, je tourne chaque feuille sans rien trouver. Frais médicaux à l'hôpital de S. pour James Montrouge sans autres précisions. Berck m'avait pourtant bien dit qu'il s'agissait d'une force de la nature. Je rebondis alors sur Léa Brandt. Mais aller lui demander de violer le secret médical sans réquisition judiciaire me paraît impensable. Cependant, ce prétexte m'aurait permis de la revoir.

Carl Pitch était bien abonné au Gymnasium, ce qui me fait une belle jambe. De dépit, je jette les feuilles en l'air. Cela ne sert à rien, dis-je, la tête dans les mains. George a raison, il ne s'agit que de coïncidences, rien d'autre.

En chemin, je vois Charlie le Rongeur installé dans le bureau des plaintes. Il lit une revue en attendant le client. Je tape à la porte. Il n'a plus que la peau sur les os et m'apprend que sa femme est retournée chez sa mère avec ses enfants, en attendant. Ses mains tremblent, la pointe hérissée de ses cheveux aussi. Il me demande si on a du nouveau dans le double meurtre. Je baisse la tête, il comprend.

Au même moment, une femme se plante à l'entrée du bureau, impatiente. Elle entre comme un cow-boy, la démarche chaloupée. Des jambes fines et arquées sur des talons aiguilles tendent une jupe blanche au-dessus du genou. Elle doit tirer dessus avant de s'asseoir. Une blonde pas naturelle avec des mèches blanches. Son bronzage non plus ne l'est pas. À coups d'ultra-violets et de fond de teint, son visage se tache par endroits. Autour du cou brille une grosse chaîne en or plongeant dans son décolleté aux mamelles tombantes. Elle cligne des yeux et d'un coup de langue furtif, décolle ses lèvres pour déballer sa vie.

— Mon ex-mari a mis du sucre dans le réservoir de ma voiture...

La couleur de ses yeux change chaque fois qu'elle prononce son nom : un bleu vif coupant comme le diamant qu'elle exhibe en agitant sa main.

— Comprenez monsieur, c'est une guerre ce divorce !

Les épreuves l'ont cuirassée. La pension alimentaire semble constituer le nerf de la guerre, la stratégie consiste à charger l'ex-mari à coup de mains courantes déposées au commissariat, afin que l'avocat puisse les brandir sous de grands effets de manche. Lancée sur un rail, elle ne s'arrête plus de souffler des mots que l'on écoute passer. Soudain, Charlie l'interrompt :

— Qu'attendez-vous donc, madame ?

— Que puis-je faire contre ce type ? dit-elle en nous regardant, le tuer ! Ne rigolez pas messieurs, j'y ai songé.

Un gardien de la paix me cherche dans le couloir. Et tandis que je regagne mon bureau, j'entends le Rongeur lui dire :

— Des preuves madame. Sans preuves, nous nous en tiendrons à la main courante.

24

Une femme harcèlerait un riche PDG, à ce que je crois comprendre. Car les faits rapportés par ce gardien de la paix, il les tient du chauffeur de ce PDG. Empêtré dans des phrases interminables, il tortille ses mains en bégayant tandis que je rassemble les relevés bancaires éparpillés sur le bureau. Je l'interromps.

— Ecoutez on va faire simple, dites à cette personne de me contacter, je verrai ce que je peux faire.

Marié et père de quatre enfants, la situation du PDG se complique. Je reçois un appel. Une voix féminine se présente au nom d'une société « TRIANGLE Architecture », me demande de patienter et m'annonce Monsieur Dagotte, le PDG.

— Lieutenant ! Merci de me consacrer du temps, vous devez avoir tellement de choses à faire. Permettez-moi de me présenter : Jimmy Dagotte. Mon chauffeur a dû vous parler de mon petit problème.

— Pas directement, mais il semblerait qu'il soit lié à une femme.

— Oui, euh, enfin, c'est un peu plus compliqué.

Dagotte n'y va pas de main morte. La sangsue aurait sucé son temps et pompé son argent.

— Comprenez, je suis piégé, elle me tient. J'espère une aide, un conseil de votre part. En même temps, je souhaiterais que cela reste entre nous, vous me suivez...

— Passez me voir.

— Parfait ! Je suis disponible à dix-huit heures.

À l'heure dite, je le reçois. Dagotte s'assied devant moi et d'un geste se déboutonne. Le petit homme au visage fin et ridé dans un costume beige me considère d'un regard bleu roi. Sa chevelure grisonnante longue et bouclée rappelle ces vieilles perruques poudrées. Une pochette bleue déborde de sa veste. La même couleur coule sur ses chaussettes.

— Cette fille me pourrit la vie vous savez ! Je ne souhaite à personne ce qu'il m'arrive. Chaque soir, elle reste plantée devant chez moi pendant des heures. Je ne sais plus comment m'en débarrasser...

— Je comprends.

— Vous savez ce que c'est... vous devez tellement en voir dans votre métier.

Dagotte serre les dents.

— Elle vous harcèle, finalement cette, euh... comment s'appelle-t-elle ?

— Monica. Évidement qu'elle me harcèle !

— Depuis combien de temps la connaissez-vous ?

Son corps s'affaisse lorsqu'il décroise ses jambes.

— Cela doit faire six ans, poursuit-il le regard suspendu, six ans déjà... Remarquez, je l'aime bien Monica, elle est douce, gentille, mais ses caprices de petite fille sont devenus vite insupportables. Vous savez, je suis marié depuis trente ans et j'ai quatre enfants. Elle s'imaginait faire sa vie avec moi. Dès le départ, les choses semblaient claires.

— Comment l'avez-vous connue ?

— En Roumanie, à Brasov. J'y avais rejoint des amis pour chasser l'ours et le loup. Vous chassez ?

— Poursuivez !

— Bref, elle travaillait dans le domaine. Je lui ai plu tout de suite et puis enfin ! Vous voyez ce que je veux dire...

Mon Sens me projette dans une demeure immense qui empeste l'animal. Un chalet où la graisse du gibier crépite dans l'âtre. Au-dessus de la cheminée, une tête de cerf fixe des chasseurs enivrés, dénudés, réunis autour d'une table, en train d'attraper des nymphes qui les servent sur leurs genoux, chacun se donne du plaisir. Des verres, des pichets de vin se renversent sur la table. Des corps nus s'enduisent de sa lie.

— Mais que fait-elle à Paris ?

— J'ai toujours gardé le contact avec Monica. Et puis, je me suis dit que je pouvais lui donner une chance de s'en sortir en la ramenant ici. Vous savez ! Pour une jeune fille, l'avenir n'est pas rose là-bas. Elle m'a rejoint. Je lui ai loué un studio, payé ses études qu'elle a laissées tomber du reste... Oui, je l'entretenais, je lui achetais des bijoux, des vêtements...

Dans son œil lubrique, mon Sens voit ce qu'il ne me dit pas.

Il aimait exhiber son trophée de Roumanie dans des soirées. Dagotte guettait l'étincelle de convoitise dans l'œil de ses amis, éprouvait un plaisir à voir leur bouche s'entrouvrir, leur conversation s'interrompre dès qu'il la présentait.

... Tout se passait bien, nous nous voyions de temps à autre. Et puis elle a commencé à ne plus payer son loyer. Elle utilisait cet argent pour ses dépenses personnelles. Vous vous rendez compte que j'ai dû payer plus de six mois d'arriérés. En plus, c'est le studio d'un ami ! Non, cela me coûtait trop cher. J'ai voulu couper les ponts et puis voilà.

— Bon, passez-moi son numéro et son adresse, je la convoquerai.

Dagotte repart satisfait.

25

Je me frotte les yeux. Je pense à Léa. Son absence me pèse. Plus de nouvelles. Derrière chaque sonnerie j'espère reconnaître sa voix. Je contacte sa secrétaire à l'hôpital. Elle m'apprend que le docteur Brandt est en consultation. Cela me suffit, je raccroche. Les néons m'éblouissent et la poubelle regorge de papiers froissés. Impossible de décrire ce vide qui m'entraîne dans les affres de l'amour. Imaginer un seul instant qu'elle puisse m'oublier me terrorise.

Charlie le Rongeur passe sa tête dans l'embrasure de la porte pour me souhaiter une bonne soirée. Je regarde ma montre : dix-neuf heures dix. Le temps d'éteindre l'écran de mon ordinateur, il surgit de nouveau, me remercie de l'avoir aidé et manque d'y laisser un doigt en refermant la porte.

Il y a des soirs où l'on devrait aller se coucher directement. En ouvrant mon réfrigérateur je me désole devant un paquet de jambon entamé et un yaourt périmé. J'ai zappé les courses. C'est déprimant, un frigo sans rien dedans. D'autant plus lorsqu'on n'a personne sur qui passer ses nerfs. Une chance qu'Agathe soit chez mamie. Demain, je me paie un poisson rouge. Il subira mes foudres et s'appellera Tonnerre.

Dans un placard situé au-dessus de l'évier, je retrouve une boîte dans laquelle je range les restes de pâtes. Il y en a de toutes sortes et de toutes les formes. C'est donc devant un jambon pâtes que j'explique à ma mère, le combiné d'un côté et la fourchette de l'autre, ma mésaventure avec Léa. Elle ne paraît pas surprise. Au contraire, je crois même déceler une satisfaction dans sa voix. Pas grave, me dit-elle. Il y en aura d'autres, plus belles, et plus intelligentes qui sauront voir la perle briller au fond de mes yeux. Sa compassion m'étouffe. Alors, j'abrège l'histoire. Ces attaques répétées contre Léa m'énervent maintenant. Elle ne la connaît même pas ! C'est ainsi que lancée dans l'éventail des subterfuges d'une femme, je lui coupe la parole pour lui assener que les siens n'ont pas pu retenir papa. Vexée, elle me raccroche au nez.

Malgré le sucre, le yaourt a un goût âcre. Une odeur rance et un goût âcre.

26

Je sais déjà ce que le fonctionnaire de l'accueil va me dire en rentrant. Monica, ponctuelle, assise, le visage cireux percé d'un regard noir qui se perd dans le hall, patiente, enveloppée comme une chauve-souris dans un trois quarts noir. La petite fluette aux cheveux courts, bruns, mal coupés semble l'ombre d'elle-même.

— Monica ?

— Oui.

— Suivez-moi je vous prie. Asseyez-vous et présentez-moi une pièce d'identité, s'il vous plaît.

Une odeur de muguet envahit le bureau. Capiteuse, elle masque en réalité une émanation plus intéressante, lorsque s'approchant de moi, Monica me tend une carte de résident. L'essence de sa personne transpire sous un pull noir. Je fixe sa petite poitrine et je comprends Dagotte. Son accent slave entretient l'excitation que je contiens.

— Oui, je suis née le vingt-sept octobre mille neuf cent quatre-vingt-trois en Roumanie, comme c'est indiqué sur ma carte monsieur...

Dans sa bouche rose, fine et douce danse une langue délicieuse qui accentue chaque « e » d'un son aigu et vibre sur les «r ».

— Vous savez pourquoi je vous ai convoquée ?

— À cause de mon petit ami.

— J'ai cru comprendre qu'il ne l'était plus.

Ses mains froissent son manteau. L'amertume crispe son visage.

— Je vais être clair. Il va falloir l'oublier, vous m'entendez ! Cessez de harceler Dagotte. Enfin madame ! Camper comme ça devant chez lui est un délit qui peut vous conduire droit en prison, vous le saviez ?

— Je le croyais lorsqu'il me disait que je n'avais plus à m'inquiéter, que je ne manquerai de rien. En Roumanie, il m'offrait des tas de cadeaux, m'emmenait au restaurant, n'avait d'yeux que pour moi. Mes parents ne l'aimaient pas mais je m'en fichais. Je voulais croire au conte de fée, alors je l'ai rejoint à Paris. Au début c'était merveilleux. Après les choses se sont gâtées. Il m'a dit qu'il ne quitterait pas sa femme et que de toute façon on pouvait vivre comme ça. Ma vie s'est arrêtée. Je perds l'homme, le mari, l'ami, le père...

Prenant une profonde inspiration, elle poursuit :

— Vous savez qu'il a voulu me faire passer pour dingue. Il m'a emmenée chez un de ses amis. Un de ceux qu'on rencontrait dans ses soirées, un psych.

— Non psy, on dit psy...

— Bien sûr que je suis dingue de lui ! Je lui donnerais ma vie, monsieur ! Il n'en veut pas. Il veut que je disparaisse, comme ça, d'un claquement de doigts ; que je sorte de sa vie alors qu'il est entré dans la mienne ! Remarquez, je vous dis cela...Vous êtes peut-être un de ses amis vous aussi ?

— Foutez-lui la paix, vous m'entendez ?

— Mais je ne lui demande rien ! Je veux juste le voir. Je ne peux pas l'oublier.

— Il le faudra pourtant.

— Et qui va me l'interdire ?

— Moi.

— Personne ne peut m'interdire de l'aimer.

— Respecter sa vie c'est respecter la loi Monica.

— Respectez Jimmy ! Qu'il me respecte d'abord ! Elle est belle la loi dans votre pays...

— On va s'arrêter là Monica. Écoutez-moi bien maintenant ! Je ne veux plus de plainte de Dagotte, c'est compris ! Si je dois encore entendre parler de vous, ne serait-ce qu'une fois, je peux vous dire que vous le regretterez.

— J'ai compris. Vous n'entendrez plus parler de moi. Elle se lève, et d'un pas lent, elle sort comme une vieille.

Un drame se produit en fin d'après-midi. Des appels répétés de voisines signalent qu'un couple se bat au 23, rue des Chardons. L'adresse m'interpelle. Je recherche dans la main courante, elle correspond à celle de Monica.

Sur place, des gens sur le palier, effrayés, nous montrent l'étage. Au cinquième, la porte de l'appartement est défoncée. Le nom de Monica y est inscrit. Derrière, une ampoule retenue par deux fils éclaire un petit couloir au bout duquel piétinent des bottes de pompiers. J'arrive dans une chambre où l'odeur d'alcool s'exhale d'un corps chaud gisant dans une mare de sang. C'est Dagotte, nu, lardé de coups de couteau dans le dos, couché à terre au pied du lit, que les pompiers massent. Monica l'a tué. Elle est assise à la tête du lit, aussi nue que lui, le regard vitreux, les poignets ouverts. Près d'elle, la pointe du couteau trempe dans une encre noire qu'une bouteille de cognac semble avoir versée.

— J'ai un pouls sur celle-là !... Point de compression, transfusion, vite ! vite !... on bande les plaies, on stabilise et on file. Allez ! Allez ! On se bouge !...

Je demande au médecin :

— Et pour l'autre ?

— Pour lui, c'est fini.

— Je veux voir un flic auprès d'elle en permanence et appelez l'identité judiciaire. Dès qu'ils l'emmènent à l'hosto vous les suivez et me prévenez, c'est compris !

— Bien Lieutenant !

Je rends compte par fil des faits au procureur.

De la fenêtre, je regarde les gens courir, ouvrir leur parapluie et résister au vent. Déjà, les lampadaires illuminent l'avenue...

Quand elle arrive au poste, madame Dagotte comprend tout de suite. Elle hurle, pleure, crie en apprenant la mort de son mari ; la nuit s'étire, longue et froide dans le commissariat. Un lourd silence règne. Chaque policier qui la croise incline la tête. Je me charge de l'audition. Madame Dagotte ne connaît pas Monica, n'en n'a jamais entendu parler et ne peut croire un seul instant que la victime de cette femme soit son mari. Elle veut le voir. On l'autopsie. Elle reste convaincue d'une erreur sur la personne. Je lui explique qu'il est venu me voir la veille en lui montrant sa pièce d'identité. Elle s'effondre sur la photo, se reprend, retient ses larmes dans ses yeux gris injectés de sang et, le visage tiré comme son chignon, me demande si j'ai encore besoin d'elle. Je lui dis que non et la fais raccompagner à son domicile. Avant de quitter le bureau, elle me prie de ne rien dire aux enfants. C'est le moins que je puisse faire et elle me remercie.

Un appel de l'hôpital m'annonce que la meurtrière s'en est sortie. Selon le médecin, elle sera audible dès demain. Je pense au docteur Brandt. Peut être la croiserais-je, qui sait.

Le lendemain, je me rends avec George à l'hôpital. En chemin, j'ai droit aux commentaires sur ses ébats amoureux de la veille avec une certaine Sylvie, une minette de vingt ans, rencontrée au cours d'une perquisition. Son ex, en garde à vue, créchait chez elle. Une bête de sexe ce George. Il l'a si bien « secouée », comme il dit, qu'elle a fini par lui demander s'il avait vraiment quarante ans. Si, à l'inverse des femmes on n'entre pas dans le détail de la chose, il faut admettre que nous avons l'orgueil haut perché.

George, au volant, on le surnomme « pare-brise », car il ne passe pas cinq minutes sans utiliser le lave-glace. Et si par malheur le réservoir est vide, il se trémousse et se plaint de ne rien voir, ce qui énerve tout le monde. Si bien que personne ne lui laisse le volant. Or, ce matin, il s'y cramponne, torse bombée, le sourire jusqu'aux oreilles, sans qu'aucun coup d'essuie-glace ne vienne perturber le trajet.

225

Dans le hall des urgences, mon cœur s'emballe. Ma tête tourne comme une girouette sur chaque blouse verte qui passe. À droite, un homme hurle en se tenant la jambe. Un médecin suit le brancard poussé par des pompiers. Ils filent au bloc. Pas de docteur Brandt.

— Vous désirez ? me demande l'hôtesse.

L'obsession me rend sourd. George demande le numéro de chambre de Monica : deuxième étage, chambre 212. J'espère que Brandt va m'y surprendre comme la première fois. George me tire par la manche.

— Tu me le dis si je t'emmerde, me dit-il devant l'ascenseur.

— Pardon !

— Ca fait une plombe que je te parle du mobile de Monica. T'es avec moi où quoi ?

— Excuse-moi.

— Ça va ?
La seule idée d'imaginer Brandt dans l'hôpital me dévore. Arrivé devant le gardien en faction, je dis à George que ça ne va pas.

— Te casses pas, je m'en occupe, va te prendre un jus.

Je retourne voir l'hôtesse.

— Que puis-je pour vous ?

— Savez-vous si le Dr. Brandt est là ?

— Qui la demande ?

— Dan, dites-lui Dan.

— Vous avez pris rendez-vous ?

— Non.

— Un instant je vous prie.

— Dites-lui bien que c'est le policier blessé qu'elle a soigné...

— Le Dr. Brandt va vous recevoir entre deux visites. Veuillez patienter dans le hall d'attente s'il vous plaît.

J'ai omis de lui dire que ma quête ne concerne pas le docteur, mais Léa Brandt. J'aurais dû. En évoquant ma blessure, elle va croire le contraire. Je traîne les pieds en gagnant la salle d'attente. Par dizaine, des scènes plus catastrophiques les unes que les autres défilent dans ma tête. Lui mentir ne résoud rien. Par ailleurs, pour lui dire la vérité, le courage me manque et l'attente n'arrange rien. Le doute se creuse, ma gorge se serre, mes mains deviennent moites. Si je reste, je vais tout gâcher. Je me lève d'un bond et pars rejoindre George. Je le retrouve dans le couloir conversant avec le gardien. Il plie l'emballage d'un chewing-gum.

— Alors ? lui dis-je énervé.

— Ça roule jusqu'aux assises cette affaire.

— Elle se couche ?

— Dans le moindre détail, affirme-t-il en montrant l'audition... T'as même la préméditation en prime.

— Bon ; on peut y aller alors !

— Attends, elle veut te parler.

— Pourquoi faire ?

— J'en sais rien.

— Elle t'a tout dit oui ou non ?

— Eh ! Calme tes nerfs. Si tu veux le savoir, t'as qu'à entrer.

— D'accord, je te rejoins en bas.

27

— Entrez Lieutenant je vous prie, me dit Monica.

— Vous souhaitez me voir.

— Approchez... prenez cette chaise-là, elle est plus confortable que l'autre, selon votre collègue... je suis désolée de ne rien pouvoir vous offrir.

Ses mains sont liées aux barres du lit, sur chaque bras court une perfusion.

— Je vois que l'on vous a bien servie.

— Oui, je suis gâtée, j'ai eu droit à une double dose...

Nous sourions sans nous regarder.

— Je voulais vous présenter mes excuses. J'ai failli à ma promesse. Je ne pensais pas me rater.

— Comment vous sentez-vous ?

— Votre question me surprend... Je me sens libre... Puis-je vous demander pourquoi vous êtes venu, sachant que j'avais tout dit à votre collègue.

— Parce que vous l'avez demandé... Bon, d'accord, d'accord... et poussé par la curiosité aussi. Je crois que vous n'avez pas tout dit.

Monica me regarde alors intensément.

— Le mensonge, surtout s'il vous dessert, paraît plus acceptable que la vérité. Votre collègue l'a bien compris.

Aucune odeur n'émane d'elle. Le désinfectant inonde la chambre. La blancheur des murs, celle du drap amidonné qui la couvre évoque une image pieuse, souillée par cette poche de sang dont l'éclat me rappelle le carnage.

— Jimmy m'a rappelée. Je lui ai raccroché au nez. Une demi-heure après, il fallait le voir planté devant ma porte, une bouteille de cognac à la main, rire devant le judas et me supplier de lui ouvrir !... J'ai entr'ouvert la porte. Il a aussitôt glissé son pied pour m'empêcher de la claquer, et d'un coup d'épaule, il m'a projetée en arrière. Je l'ai traité de tous les noms. Il m'a giflée, pour la première fois. Je me suis jetée sur lui, je lui aurais bien arraché le cœur... Il m'ordonnait de me taire, me le répétait en me serrant le cou de plus en plus fort à chaque fois. Je ne pouvais plus respirer... ça peut vous paraître idiot, mais plus il m'étranglait, plus il m'appartenait. Quand Jimmy m'a lâchée, terrifiée, je sentais encore ses mains sur ma gorge. J'ai couru vers la cuisine pour avaler de l'eau et reprendre mes esprits. Il m'y a rejoint, s'est excusé et m'a prise par la taille. Je l'ai repoussé violemment, un peu moins la deuxième fois. Alors, il m'a murmuré tous les mots qu'on aime entendre et qui m'ont conduits dans la chambre. Des promesses... On allait tout recommencer. En même temps, il me déshabillait, je voulais y croire. Il m'a avoué, après que nous ayons fait l'amour, que c'était comme ça qu'il m'aimait, juste pour le plaisir. Là, je ne sais pas ce qui m'a pris, je suis allée dans la cuisine me saisir d'un couteau, je suis retournée dans la chambre et j'ai frappé, frappé, frappé encore et encore.

Son poing martelant la barre du lit cogne mon Sens...

Je la vois à califourchon sur le dos de Jimmy. Une main lui caresse l'épaule, l'autre arme le coup fatal. La pénétration de la lame dans la chair libère une plainte dont la profondeur déchire le silence. La plaie mortelle de Jimmy exacerbe la souffrance de Monica. Son bras le frappe, le pique sans répit jusqu'à ne plus l'entendre. Le sang coule entre les jambes de Monica. Elle lâche le couteau. Jimmy est mort.

— Finalement, il a réussi à m'enfermer. Surtout, ne lui dites pas où je suis. Je peux compter sur vous, hein ? Vous me le promettez ?

— Bien sûr Monica, bien sûr.

28

Planté au milieu du hall, George s'imagine à l'audience. Il relit l'audition de Monica, un verre de café à la main. On croirait surprendre la répétition d'un acteur. L'illusion plonge dans la perplexité une grand-mère assise en face de lui qui suspend son tricot et l'observe par-dessus ses lunettes.

— Bouge ! On décolle.

George sursaute, son café dégouline de sa manche.

— Oh merde, tu fais chier quoi ! Tiens-moi ça, dit-il en secouant son bras pour l'égoutter.

— Je suis désolé.

— Pas tant que moi...

Il me tend le procès-verbal de Monica, jette le gobelet dans une poubelle et se précipite aux toilettes. Ma maladresse amuse grand-mère qui reprend son tricot. En me tournant vers l'accueil, mon sourire s'efface. Je ne verrai pas Mme Brandt. Résigné, je me dirige vers le parking de l'hôpital. À l'inverse d'un sonneur de cloche, je traîne une corde molle derrière moi d'où je ne tire aucun son. Pas un « monsieur !», « lieutenant ! » ou « Dan », ni le moindre claquement de talons qui me fasse faire demi-tour. Rien. En échange, j'entends les semelles de George crisser sur un marbre froid et mon nom rebondir comme un ballon.

— Dan, Dan, eh ! Dan, attends-moi !... Alors qu'est-ce qu'elle t'a raconté ?

Dehors, les gravillons excitent sous mes pieds ma montée d'aigreur. Je ne peux plus parler, je m'en veux, j'aurais dû attendre Brandt. La faute m'incombe, je le sais. Là, je veux m'enfermer dans la voiture et m'éloigner au plus vite. George, subissant sans râler mes sautes d'humeur, me tend les clés de la voiture, récupère le procès-verbal et vexé, prend place côté passager. Je suis dur avec lui. George c'est quelqu'un de bien.

L'entrée de l'hôpital rétrécit dans le rétroviseur. Un coup de volant la fait disparaître. Je ne pensais pas qu'en tombant amoureux de quelqu'un on puisse autant souffrir. Et avec Madame Brandt, j'ai le sentiment de tomber chaque fois de plus haut pour que l'amour fasse toujours plus mal. Maintenant j'ai peur de la chute, peur de la voir, de lui parler d'autre chose que d'amour, sans plus y croire. Je n'ose même pas imaginer qu'elle puisse ne pas m'aimer.

George plongé dans sa lecture ne décroche pas un mot.

— Dis donc, lui dis-je, tu as vu les marques sur son cou !

Il continue de lire, feignant de ne pas m'entendre. J'insiste :

— Elle t'en a parlé ?

— Si tu t'étais donné la peine...

Il tourne les feuillets, s'arrête et poursuit :

— ... À la question « comment expliquez-vous ces marques sur votre cou ? Elle nous répond : « il me serrait avec un foulard pendant que je jouissais ». Ça te va ?

— Elle n'a pas parlé de foulard ?

— Elle t'a dit quelque chose à ce sujet ou t'en fais un secret d'État ?

— Je pense qu'elle t'a menti.

— La garce ! Elle va se rétracter devant le juge.

— Je ne crois pas. Je pense qu'elle n'invoquera même pas la démence, tu vois ! Finalement, en tuant la femme chez Monica, Jimmy a réveillé la bête. Il y a deux meurtres dans cette histoire.

Au feu rouge, de fines gouttelettes tombent sur le pare-brise.

— Je ne te suis pas là... Tu parles de quoi ?

— De ce que Jimmy lui a fait. Ou plutôt de la manière dont il l'a démolie. Je crois que c'est comme cela qu'il prenait son pied, en chassant la femme qui était en elle.

— Attends, si elle l'a suivi jusqu'ici, c'est quand même pour son fric, non !

— Au début, mais l'amour l'a rendue esclave de Jimmy.

— L'amour, l'amour !... L'argent oui ! Tu fais le procès du mort ou quoi ?

Le feu passe au vert. Des gouttes plus nombreuses troublent le pare-brise. George s'énerve, évite de regarder la route en détournant la tête sur le côté, fait craquer ses doigts un à un.

— T'y vois ? s'agace-t-il.

— Ça va.

— Mets un coup d'essuie-glace, on n'y voit rien merde !

— T'énerve pas.

— Vas-y quoi ! Mets un coup de lave-glace !

George se penche pour actionner la manette. L'absence de liquide dans le réservoir me fait éclater de rire.

— Ce n'est pas drôle. Dès qu'on rentre, je remplis le truc à ras bord. Putain, il est dégueulasse ce pare-brise.

— On arrive, t'inquiète.

— Au fait ! Qu'est-ce qu'elle te voulait la toubib ?

— Quelle toubib ?

— Celle qui est montée te voir.

— Qu'est-ce que tu racontes ? Je n'ai vu personne.

— Pourtant à l'accueil, elle a demandé après toi en précisant même à l'hôtesse que tu étais son flic préféré.

— Blouse verte, queue de cheval blonde, plutôt mignonne ?

— Dan ! La voiture !

Un coup de volant nous vaut une brusque embardée. Nous évitons le choc de justesse.

— Oh la vache ! C'était moins une, s'exclame George.

— Bon, tu me réponds ou quoi ?

— Quoi, oui c'est elle ! Regarde la route.

— Tu sais que je t'aime, toi...

J'écrase alors le champignon.

— Tu m'expliques le rapport avec la procédure ?

— Aucun George, rassure-toi, aucun !

— Ah, d'accord, j'ai compris. Euh... Tu devrais y aller mollo sur le virage, on arrive un peu vite.

— Accroche-toi bien, mon p'tit père !

Je me gare à l'américaine, bondis de la voiture, traverse le hall si vite que le chef de poste a tout juste le temps de me dire que l'hôpital vient d'appeler.

— Je sais, je sais...

J'avale l'escalier en trois enjambées et m'isole dans un bureau.

— Le docteur Brandt s'il vous plaît... de la part du lieutenant Dan.

— Je viens de vous appeler il y a deux minutes. Rien de grave, j'espère ?

— Non, oui, non.

— On m'a dit que vous étiez en chirurgie. Je ne vous ai pas trouvé...

— Moi aussi je vous ai cherchée... Dites-moi, c'est bien lorsqu'on entre dans un hôpital que l'on a peur de mourir, pas quand on en sort ?

— Oui, en toute logique, répond-elle amusée.

— Eh bien, figurez-vous que lorsque j'en suis sorti sans vous voir, j'ai éprouvé cette sensation.

— Je comprends.

— C'est vrai ?

— On peut prendre un pot si vous le voulez ?

— Quand ?

— Maintenant. Vous n'avez qu'à me retrouver au café des Arcs, vous voyez où il se trouve ?

— Bien sûr.

— À tout de suite alors.

À peine ai-je raccroché que George me rejoint.

— Le réservoir du lave-glace est plein. Bon, qu'est-ce qu'on fait ?

— Ça te dérange d'aviser le parquet à ma place, je dois m'absenter.

— Pas de problème Dan.

— Je te laisse les clés de la boutique. À tout à l'heure.

29

Jamais je ne me suis senti aussi libre, beau, fort, capable de conquérir le monde car je n'ai plus peur d'aimer. Mes pensées pures traversent celles des autres en chemin. Je rayonne et respire un bonheur plus léger que l'air qui me porte jusqu'à Léa. Je m'assieds en terrasse en me promettant de ne plus reparler du Luxembourg.

Elle vient droit sur moi, majestueuse. Je la regarde se déhancher sur un fil imaginaire en funambule, sur ses talons. En la saluant, mes jambes cognent le pied de la table et manquent de la renverser. Nous rions. Je saisis sa main et une seconde d'un silence profond passe dans nos regards. Elle me demande ce que je faisais à l'hôpital. Je lui parle de l'affaire Monica, dans ses grandes lignes. Piquée de curiosité, Léa revient sur chaque détail qui semble croquer sous ses dents. Elle frétille sur sa chaise comme un saumon remontant le fleuve. Je voudrais bien changer de sujet, mais elle continue. Sa pupille se dilate, absorbe l'horreur. L'histoire l'intéresse plus que moi. Elle s'en nourrit, n'hésitant plus à m'interrompre à me bousculer de questions aussi tranchantes que la description du couteau. Je lui dis :

— Pourrais-je vous demander une faveur ?

— Laquelle ?

— Voilà. J'enquête sur deux suicides et demeure convaincu qu'un lien existe entre les deux.

— Que voulez-vous dire ? fait-elle, intriguée en se penchant vers moi.

— Je pense à un meurtre, un double meurtre déguisé. Ne vous moquez pas !

— Non, au contraire. Je trouve cela passionnant.

— Attendez, attendez. Pour l'instant, je n'ai rien qui puisse étayer cette hypothèse, hormis peut-être certains détails troublants.

— En quoi puis-je vous aider ?

— L'un d'eux, le dénommé James Montrouge a consulté dans votre hôpital. Aussi, je me suis dit...

— ... Que je pourrais aller voir dans son dossier médical.

— Oui.

— En gros, vous me demandez de violer le secret médical.

— Oubliez ce que je viens de dire. Vous avez raison. Parlons d'autre chose...

— James Montrouge, vous dites.

Elle prend une cigarette, en tire une longue bouffée puis l'écrase sans répondre. Son visage déformé par la fumée prend une étrange expression. Elle est blême, figée, crispée sur un passé qu'elle fixe.

L'endroit est sombre. Ma bouche trop sèche m'empêche de déglutir. Mon sens me transmet de la peur. Celle d'une enfant blottie que je ne peux voir et qui gémit. L'obscurité la rassure, tout comme l'odeur d'assouplissant qui se dégage de ses vêtements. Je suis dans un placard avec elle. Son cœur bat si vite qu'il me donne des vertiges. Elle se cache, ne fait plus de bruit. Surtout pas. Le danger est de l'autre côté du placard. Un pas lourd, rapide, cogne le plancher et se rapproche de nous. Soudain, une lumière m'aveugle.

Deux chiens aux babines retroussées, tirés par leur maître aboient, crocs apparents en se croisant.

— Quelle peur mon Dieu ! dit-elle en sursautant.

— Ça va ? dis-je en posant ma main sur son bras.

— Excusez-moi, je m'étais égarée...

— La violence réveille souvent des fantômes.

— Vous touchez juste, c'est incroyable !

— C'est marrant ce que vous dites. Je ne fais que vous toucher alors que j'aimerais vous prendre dans mes... Pardonnez-moi.

— Cessez de me troubler ainsi, j'en suis toute étourdie, dit-elle en rougissant. Cela fait si longtemps que je n'ai pas senti cette gêne. Je ne sais plus où j'en suis. C'est vous dire ! Ce matin encore, j'ai mis le beurre dans l'évier et le bol dans le frigo. Plus une journée ne passe sans penser à vous. Vous êtes dans ma tête, vous battez dans mon cœur ! Vous comprenez, ce n'est pas normal ! Qu'est-ce qui me prend de vous dire ça, je suis ridicule...

— Non, du tout.

Je m'approche de Léa, convaincu qu'aucun obstacle ne peut désormais empêcher ce baiser. Elle regarde sa montre pour l'éviter.

— Je dois retourner au travail Dan, ne m'en veuillez pas.

Je tombe sur ma chaise. Les secondes qui suivent sont interminables. En attendant l'addition, je ne sais comment me reprendre. J'ai honte de moi. Honte de l'avoir mise mal à l'aise, d'avoir agi de la sorte, contre son gré. Ce refus essuyé en plein vol claque comme une gifle bien méritée.

— Laissez-moi vous raccompagner, lui dis-je, s'il vous plaît !

Elle prend mon bras, le relâche, puis le reprend fermement. Je n'ose plus rien dire, ni rien faire. En marchant, je sens son épaule, par moment frôler la mienne.

— C'est étrange me dit-elle, j'ai l'impression de vous connaître depuis toujours. Je me sens bien. Tout semble si naturel, la manière dont vous me regardez, la douceur de votre voix, vos mains. J'ose vous le dire, ça me plaît.

Nos pas ralentissent.

— Embrassez-moi Dan, me chuchote-t-elle en posant sa tête sur mon épaule.

Jamais je n'ai goûté source si voluptueuse. L'extrémité de nos langues touche nos cœurs emballés. Un torrent de désir déborde de nos lèvres. Glissant à l'infini d'une commissure à l'autre, nos bouches dérivent dans une chute vertigineuse, fraîche et si douce qu'il me faut ouvrir les yeux pour ne pas m'y perdre.

— Que faites-vous ce week-end ? me demande-t-elle.

— Je travaille. En revanche, ce soir je suis...

— ... indisponible. Je pars pour la Bretagne, réplique-t-elle. Des amis m'ont invitée pour la semaine. Peut-être pourriez-vous... nous rejoindre ?

— Quoi, comme ça ! Et vos amis ?

— Ne vous inquiétez pas, ils sont cool. Voici l'adresse et mon numéro de portable pour le cas où vous auriez du mal à nous trouver. Je suis si contente, si vous saviez !...

— ... Landrellec !...

— Oui, le coin est magnifique, vous verrez.

Nous arrivons déjà sur le parking de l'hôpital...

— Quand puis-je espérer vous voir là-bas ?

— Je décollerai lundi en début d'après-midi.

— Vous me manquez déjà.

Chaque marche qu'elle gravit, talon dans le vide, élance d'une pointe assurée un corps bien galbé. La démarche chaloupée, elle s'arrête face aux portes automatiques, se retourne pour m'envoyer un baiser discret. Je m'arracherais de ma carcasse pour la suivre d'un seul élan afin de l'embrasser. Cette femme m'a envoûté. Et je me surprends, chemin faisant, en train de sucer mes lèvres pour en retrouver la saveur. Ces deux jours et trois nuits me rendent fou. Le temps élastique semble s'étirer à l'infini lorsque l'on s'y accroche.

Tête à l'envers, les pieds dans les nuages, j'avance auréolé d'une énergie brûlant chaque pore de ma peau. Le monde ainsi éclairé paraît bien meilleur. Prenez ! me dis-je en croisant les passants du regard. Partagez avec moi cet instant de bonheur ! Oubliez ce que vous êtes ! Souriez à autrui ! C'est gratuit ! Tous s'ignorent connectés à des « Kits main libre » à des soliloques effrénés, persuadés d'exister.

Un boomerang d'égoïsme me revient soudain en pleine tête. Que vais-je dire à Agathe ? Oh ! Quel déchirement dans mon cœur. Me voilà bien coincé...

Partir sans elle toute une semaine avec une femme dont j'ignore tout sera inacceptable pour elle. Elle se sentira trahie, abandonnée. Je la connais ! Elle est encore petite mais tellement possessive. Avant de la lui présenter, je dois m'assurer de la profondeur de mes sentiments. J'imagine sa colère si elle apprend cette fugue. Elle courra dans ma chambre, comme elle l'a déjà fait une fois, ira chercher la photo de sa mère sur la table de chevet et me l'enverra au visage en hurlant, toute rouge, qu'elle me déteste, les veines du cou prêtes à exploser, et qu'elle aurait préféré que ce soit sa maman qui survive à cet accident, et non moi. Tout va trop vite... J'appelle ma mère qui m'écoute m'angoisser.

— Tu peux toujours lui dire que ton travail t'appelle là-bas !

— Cela ne t'ennuie pas, vraiment ?

— Comment ! Au contraire ! Agathe est la prunelle de mes yeux, chéri ! Nous en profiterons pour courir les boutiques.

— Alors je vais faire comme tu me dis... Ce n'est pas vraiment un mensonge, hein, maman ?

— Mais non, ne t'inquiète pas. Tu es où là ?

— Dans la rue, je sors de l'hosto, je vais au boulot.

— Bon, alors à plus tard mon chéri, et ne t'inquiète pas, je vais déjà lui en parler.

30

On l'entend s'époumoner dans tout le commissariat. À coups jurons et de grands gestes, George arpente le couloir, menaçant de quitter cette boîte, cognant contre le mur la procédure de Monica. La colère d'un gosse fâché d'une injustice se plante devant mon bureau.

— Dessaisis ! Le juge nous a dessaisis au profit du service criminel. Tu te rends compte ! Nous leur avons mâché le travail !...

— Postule pour ce service ! Les commissariats sont les éboueurs de la petite délinquance, tu le sais bien... Que veux-tu que je te dise !

Piqué à vif, George rebondit :

— T'as raison ! Et où en est Sherlock Holmes à la poursuite du serial killer ?

— J'ai reçu les résultats de l'autopsie de Montrouge. Le légiste a relevé des traces d'anxio-lytique et d'alcool dans le sang.

— Les ingrédients du suicide, mon vieux ! Le mien aussi baignait dans l'alcool... Tu fais quoi là ?

— Je vais découvrir un nouveau monde, dis-je en traçant l'itinéraire sur une carte.

— La Bretagne ! s'exclame George en jetant un œil par-dessus mon épaule. Les côtes d'Armor, les côtes de granit rose, Perros-Guirec, Saint-Brieuc... je peux t'en parler si tu veux...

— Tu n'as rien de mieux à faire ?

— Plus maintenant.

George dépose la procédure sur mon bureau, s'assied en face de moi, arrache le premier procès-verbal, le comprime dans ses mains pour en faire une boule et faisant de ma poubelle un panier s'improvise basketteur. Il rate le panier. Je ramasse la boule de papier et la jette avec force au fond de la poubelle.

— Ecoute, oublie le basket, mets-toi au ping-pong !

George retourne chercher la boule, fait trois pas en arrière et marque le point. Il parade en vainqueur et finit par me dire en quittant le bureau :

— Je fais ça pour me calmer, d'accord ? Qui veut peut ! médite là-dessus et bon week-end, salut.

— Ta procédure George !...

— Laisse tomber.

31

Samedi matin, huit heures trente, je me rends au boulot le sourire aux lèvres. J'aime Léa Brandt. Les rues désertes s'oxygènent au rythme des sportifs qui les traversent. Elles s'étirent à l'infini sous un voile matinal. Une personne en survêtement vert, les cheveux ébouriffés et baillant aux corneilles entre dans une boulangerie. La ville résonne des piaillements de moineaux. L'air est frais, les regards peu nombreux pour observer madame vêtue d'une robe de chambre rose, un filet sur la tête, en train de tirer sur la laisse du chien dont l'urine serpente sur le sol. Cette quiétude se retrouve dans le commissariat. Le chef de poste lit son journal derrière le comptoir. Une seule affaire niche au fond des cages de garde à vue : un homme dort, emmitouflé dans une couverture orange. Il cuve à vrai dire pour une conduite en état d'ivresse.

Soudain, un drame chamboule tout. Un homme a été trouvé poignardé à son domicile. L'information électrise tout le commissariat. Chaque fonctionnaire court à son poste. Un vent d'urgence claque les portes et chasse les véhicules sur le lieu de l'homicide. La ville hurle sous les sirènes guidées par la voix vibrante du transmetteur radio. La victime, blessée au ventre, vit toujours. Elle ne peut communiquer. Les secours sont sur place, à ce que l'on entend sur les ondes.

Des voitures de police débordent de l'impasse. Des maisons de ville séparées par des grilles en fer forgé se collent les unes aux autres. On se croirait à la campagne. L'effervescence du dehors éclate dans l'escalier où pompiers, infirmières et policiers se croisent. Dans sa chambre, tout un appareillage médical est déballé. Des fils, des tuyaux, de l'oxygène qu'il respire... Une plaie importante semble avoir lésé le foie. Il demeure toujours conscient. Un téléphone et une lampe tombés de la table de chevet baignent dans du sang noir que la moquette n'a pu absorber. Au-dessus de son lit un christ cloué au mur. L'identité judiciaire me remet un sac plastique contenant un coupe-papier couvert de sang coagulé ainsi qu'un pistolet trouvés dans le couloir : la victime allongée sur le dos ne quitte pas le sachet des yeux. Il se nomme José Miguel Puig, diplomate, âgé de quarante-sept ans, et travaille pour l'ambassade d'Espagne. Son regard noir brille d'une colère qui emporte mon Sens.

José Miguel fouille ses poches au milieu d'un trottoir. Celles de son pantalon, puis de sa veste. Il sort un briquet mais a oublié sa pipe et son tabac qu'il retourne chercher. Il entre dans son appartement, y trouve des débris de verre dispersés sur la moquette et un carreau proche de la poignée de la fenêtre brisé. Elle est fermée. Il ouvre de nouveau la porte. La fenêtre de la cage d'escalier est restée ouverte. Un mètre sépare l'une de l'autre. La peur le gagne. Affolé il balaye du regard le salon, la cuisine sans voir le moindre désordre puis se dirige vers son bureau en serrant très fort le briquet dans sa main. La moquette atténue le craquement du parquet. Ce grincement-là n'est pas le sien. Il s'arrête. À coup sûr, il provient du bureau. Ses jambes tremblent mais il continue d'avancer, prêt à en découdre.

— Il y a quelqu'un ? Je sais qu'il y a quelqu'un !

Le sifflement du silence fait cogner son cœur dans sa gorge. A l'entrée du bureau, il s'écarte, arme son poing, pousse la porte vers l'intérieur pour s'assurer que personne ne se cache derrière.

Dans la pièce à peine éclairée, des papiers, des dossiers sortis des armoires jonchent le sol. Il contourne son bureau et cherche quelque chose au fond d'un des tiroirs. Sa main tâtonne, transpire et glisse sur des objets. Toute son attention se concentre vers le couloir. Désormais, le danger vient de là. Il sort une arme qu'il braque pour se rendre vers sa chambre. Soudain, l'imprévisible surgit derrière lui. Une ombre immense jaillit de dessous le bureau. Le cambrioleur bondit sur lui en lui portant un violent coup au ventre. Sa charge le pousse dans le couloir, il perd son arme s'enfonce à reculons, mais avant de tomber, il peut voir le visage de son agresseur : des yeux bleus clairs, des cheveux roux en brosse, mal rasé. Une cicatrice part de l'arcade et marque la moitié de la joue gauche. José Miguel s'effondre tête en arrière en lâchant son briquet. La porte d'entrée claque, le pire est passé. Il tente de se relever, mais le coupe-papier le cloue au sol. Toute la lame lui perfore le ventre. Il l'arrache, puis s'aidant des murs, il rejoint sa chambre. La plaie dégouline de sang à travers ses doigts. Il appelle les secours.

— On le perd ! Vite ! On le perd ! crie le médecin.

Je le perds aussi ! Mon Sens, prisonnier du corps de José Miguel, s'enlise dans une obscurité asphyxiante. Les affres de la mort me glacent. Le lien se distend. Les décharges répétées du défibrillateur empêchent la faucheuse de nous séparer et font repartir le cœur de José Miguel. Mon Sens survit mais José Miguel meurt juste après.

Je remonte du couloir vers le bureau, bouleversé, épuisé, en slalomant entre les taches de sang. Chaque objet témoigne de la violence du drame. Les traces et les indices sont préservés et numérotés. Pourtant, une chose manque à l'endroit où je me tiens. Le briquet n'y est plus. J'appelle le photographe et lui demande s'il n'y avait pas un objet à cet emplacement. Il s'interrompt, hausse les épaules et continue de flasher le bureau. Le tueur l'a embarqué. Un briquet en acier poli serti d'une chose noire et ronde, comme une pierre, peut être de l'onyx.

La Crime débarque. Le contact est bref.

— C'est toi l'OPJ (Officier de Police Judicaire) me lance l'un d'eux, t'es dessaisi, on reprend l'affaire, merci.

L'équipe, tendue marque le coup. Elle le peut car la présence sur place du Procureur n'arrange rien. L'appartement semble bien plus petit avec tout ce monde à l'intérieur. Il ne manque plus que le légiste. Un petit homme aux cheveux gras, hirsutes et à la moustache épaisse déambule dans les pièces une pipe à la bouche. L'odeur alerte le Procureur qui l'interpelle sèchement : « Le corps est dans la chambre, docteur ! merci. »

La tête du Procureur ressemble à celle d'une tortue sortant d'une carapace. Car tous ces dos groupés autour du magistrat en forment bien une. Petite, chauve, plantée sur un cou capable de s'étirer au-dessus de toutes celles qui lui font face. Son nez crochu pique une bouche crispée, et ses petits yeux noirs, ronds et cernés veillent au bon déroulement des opérations. Le légiste en fait les frais.

— Tenez-moi au courant de l'enquête, dit le Procureur, le portable à l'oreille, j'informe le juge d'instruction.

L'atmosphère se détend après son départ. Je m'énerve en écoutant chacun émettre son hypothèse sur le crime. Politique, sexuel, passionnel, tout y passe, et je ne peux rien dire. Je regarde l'identité judiciaire rechercher des empreintes sur la fenêtre en sachant que l'agresseur portait des gants. Je quitte l'appartement. Il me faut une preuve. Le visage du tueur m'obsède, s'entrechoque avec celui de la victime. J'ai son image en tête, mais comment faire... Un portrait-robot nécessite un témoignage et je ne peux pas être le témoin... À moins que... bien sûr ! À moins que je sois un témoin anonyme, par courrier posté d'un autre arrondissement, avec une description si précise de son visage qu'il leur sera facile de le remonter. Avant toute chose, il me faut attendre que la presse en parle, de sorte que le témoignage n'en soit que plus crédible.

Je repense à la mort de Puig. J'ai vu comme une torche sombre, petite, insignifiante, grossir très vite, se répandre et m'engloutir dans une noirceur étourdissante. Mon Sens, ma moitié aurait pu être happée s'il n'y avait eu un sursaut de vie. Je m'arrête devant un « Monceau fleurs »

Agathe est surprise de me trouver à la sortie de l'école un bouquet à la main.

— C'est pour qui ? dit-elle en contemplant chaque variété à travers l'emballage.

— Pour maman. Tu ne m'avais pas dit que tu voulais aller fleurir sa tombe ?

— Oh ! super ! je peux les porter, dis papa ?

— Bien sûr chérie. Tiens... donne-moi ton cartable.

Agathe sautille à cloche-pied.

— Attention ! Tu vas les casser. Mets-leur la tête en bas.

Elle arbore fièrement son bouquet. Et moi, je cache cette lâcheté qui m'oppresse. Je m'écœure d'agir de la sorte. Tiraillé entre une indéfectible culpabilité et un ardent désir de rejoindre Léa Brandt. Nous montons dans la voiture. Une pusillanimité m'empêche de croiser le regard d'Agathe qui se fait une joie d'imaginer que sa maman pourra la voir de là-haut. J'espère seulement qu'elles me pardonnent.

32

Au journal de vingt heures, on retransmet les déclarations de la tortue.

« L'enquête suit son cours. Aucune piste n'est écartée pour le moment et tout est mis en œuvre pour retrouver le coupable. »

Le lendemain je pars pour la Bretagne. J'ai posté directement la lettre au 36, quai des Orfèvres. Tout y est. J'y ai travaillé d'arrache-pied une bonne partie de la nuit. Le tueur est connu de nos services. Partant d'une base de trois cent soixante-dix photos, la description suffisamment précise a permis de n'en ressortir que sept. Parmi celles-ci Yvan MIROSLAV, né le 19 janvier 1970 en Ukraine, sans domicile fixe, s'avère être le tueur. Mon témoignage est simple. Il a failli me renverser en sortant de l'impasse et a laissé tomber un briquet. J'ai pu ainsi le décrire. L'heure correspond à peu près à l'appel de la victime. La course, pour la Crime peut commencer.

Rachmaninov accompagne ma route et berce mes pensées toutes tournées vers Léa. Je me nourris de chacun de ses gestes, de son sourire et de ce merveilleux baiser. Je dévore le bitume déroulant les kilomètres sur le compteur. Soudain, la crainte de la décevoir, de ne plus lui plaire m'envahit. Ces doutes surgissent à la sortie de l'autoroute alors que j'emprunte une départementale sinueuse et fourchue qui diabolise mon imagination. Une voix assassine me chuchote que parmi ses amis, l'un d'eux a pu être le sien. Je roule vite, bien trop vite. Le crissement des pneus hurle ma deuxième frayeur. L'adresse pourrait être bidon. Elle m'a posé un lapin. Je m'arrête à l'entrée du village de Landrellec. Je cherche mon portable.

— Où êtes-vous ? me dit-elle.

— À trois minutes de votre voix.

— Dépêchez-vous, je vous attends.

Un vent maritime chasse l'ombre au-dessus du village. Les couleurs renaissent sous la lumière. Roses ou grises au reflet bleu, les briques de granit des petites maisons de pêcheurs donnent envie de les toucher. Chaque propriété se respecte sans clôture. Des hortensias débordent dans le chemin. Au bout, une silhouette se dessine. Mon téléphone sonne.

— Est-ce bien vous que je vois ?

J'abandonne la voiture pour la rejoindre. Léa passe sa main dans ses cheveux en venant vers moi. Mon cœur bat si fort qu'un voile trouble ma vue et encombre ma voix. Elle se frotte les yeux. Son visage entier tient dans mes mains.

— Que diriez-vous de me tutoyer maintenant ?

Elle s'accroche à mon cou, ses jambes tremblent. Elle me dit que le temps lui a paru long et je lui réponds dans l'étreinte. Deux hommes souriants viennent vers nous.

— Qui sont ces gens ?

— Dan, je te présente mes amis. Oscar et Gaétan. Oscar, Gaétan je vous présente Dan.

— Bienvenue à Landrellec Dan ! lance l'un d'eux. Le second s'étonne.

— Comment êtes-vous venu ?

Léa, amusée, regarde ses chaussures. Ma voiture est en plein milieu de la route, portière ouverte, moteur allumé.

— Ici, on redoute plus les pollueurs que les voleurs, vous savez ! Vous pouvez la garer chez nous si vous le voulez.

Ses deux amis ressemblent à Laurel et Hardy. Oscar, grand et gros, montre plus de réserve que Gaétan. C'est lui qui me fait visiter leur demeure. L'escalier de l'entrée dessert deux chambres à l'étage. Au rez-de-chaussée, la chaleur de la cheminée craque sous les flammes. Les couleurs chaudes du salon comme celles de la salle à manger contrastent avec la fraîcheur du dehors.

— Un vrai petit nid votre maison, dis-je en m'installant dans un fauteuil.

— C'est exactement ce que j'ai dit la première fois que je suis venue ici. C'est bizarre, non, s'étonne Léa. Tu te rappelles Gaétan ?

— Tu penses si je me souviens, hein mon lapin ? Il pose sa main dans l'entrejambe d'Oscar assis près de lui sur le canapé. Léa, assise à côté d'eux, me fait face.

— Je te revois encore plantée devant notre entrée... poursuit Oscar... tu voulais téléphoner pour te faire dépanner, tu te rappelles ? Il faisait un temps à ne pas mettre un chien dehors. Trempée de la tête aux pieds comme tu l'étais, on t'a invitée à rester. Tu te rends compte, ça remonte déjà à quatre ans.

Oscar prend une tranche de saucisson sec dans un plateau posé devant lui.

— J'ai l'impression que c'était hier, dit-elle en me regardant.

— Vous savez que depuis son arrivée, Léa n'arrête pas de nous parler de vous. Il paraît que vous êtes dans la police ? demande Gaétan en versant l'apéritif.

— En plein dedans ! Dites, c'est Mozart que l'on entend.

— Vous aimez ? reprend Oscar.

— Sa musique touche l'âme.

Je ne veux pas parler de mon travail. Les mêmes questions, les mêmes critiques, les mêmes histoires reviennent toujours sur le tapis. Oscar l'a compris, il me rétorque alors en regardant Léa :

— Il n'y a pas que la musique, je crois ! Elle rougit.

— Alors, trinquons à l'amour, dit Gaétan en levant son verre.

Ce soir là Léa s'efface au profit de ses amis qui me reniflent chacun leur tour à leur manière, par petites questions servies entre deux toasts, après un compliment ou un éclat de rire. Mais nos truffes bientôt se ramollissent dans des coupes de champagne. Les yeux de Léa pétillent en me regardant. L'insécurité, l'exclusion, les valeurs républicaines accompagnent le dîner tandis que mon Sens pénètre leurs jardins secrets. Il me parait si simple de toucher leur sensibilité pour les séduire et me faire aimer de Léa plus encore. La soirée prend fin agréablement. J'ai pu louer une chambre dans une auberge située à deux pas d'ici. Léa me fait comprendre qu'elle restera chez eux. Moi qui pensais partager cette nuit avec elle... j'ai réservé une chambre avec vue sur la mer. Léa décide de m'accompagner lorsqu'Oscar s'apprête à me confier une lampe torche. Je l'assure que cela n'est pas nécessaire, mais elle insiste. Elle m'apprend en chemin que le dossier médical de James Montrouge, dans lequel elle avait fouillé, mentionnait que ce dernier souffrait d'insomnie due à un dérèglement de l'hypophyse. Tout cela me paraît si loin. J'ai peine à cacher ma déception. Je ne peux rien lui dire.

— Je ne pouvais pas leur faire cela la première nuit, tu comprends, m'explique-t-elle en caressant ma joue. Je m'arrête. Elle éteint la lampe et les quelques pas conduisant à l'auberge durent une bonne partie de la nuit.

Au matin, en ouvrant les volets de ma chambre, un voile blanc, épais, mou et sans relief masque le paysage. Un mur troublant, sans repère ni couleur donne l'impression, dans l'encadrement de la fenêtre, de se trouver devant une toile vierge. Cependant l'invisible s'anime du clapotis des vagues, du « teuf-teuf » d'un petit bateau de pêche harcelé par des mendiantes criantes et tournoyantes. J'entends vibrer la vie, la machine à café siffle les premiers déjeuners de l'auberge et en descendant l'escalier de bois, je sens monter l'odeur du beurre. Sur le comptoir du bar, le journal titre en première page : « arrestation du tueur présumé du diplomate espagnol ». Je m'en saisis, passe commande au garçon de café et m'installe, face à la mer, sur une terrasse en teck. Tout contribue à confondre Yvan Miroslav. Le briquet de Puig, les traces de sang de la victime relevées sur ses vêtements. Il va pouvoir moisir en prison. La tortue précise dans l'article qu'un témoignage à permis d'accélérer le processus d'une enquête qui de toutes façons aurait abouti. Je déguste mon café en saluant mon Sens.

Une bise soulève la brume. La nature silencieuse déploie son plumage comme un paon magnifique : une crique sauvage où la côte verdoyante pourfend des assauts de métal. Amarrés au rivage quatre bateaux dansent d'un même mouvement. De fines gouttelettes vernissent les prés, trahissant d'innombrables toiles d'araignées perlées par la rosée. Léa surgit derrière moi.

— Et moi qui pensais te réveiller !

— Tu viens de le faire.

— Comment dois-je le prendre ? dit-elle en me chipant un bout de croissant. Tu ne trouves pas ça beau ?

— Superbe !

Elle s'empresse d'ajouter que j'ai fait forte impression auprès de ses amis. Je reste silencieux en contemplant la mer.
- Tu m'en veux pour hier ? s'inquiète-t-elle.

— J'ai oublié de te remercier pour James Montrouge.

— Je t'en prie. En même temps, je me suis dit que si tu trouves ce tueur, je me ferais virer.

— Dis donc ! je ne balance jamais mes sources !

Elle rassemble des miettes dispersées sur la table qu'elle dépose dans la soucoupe à café, et de manière inattendue me tire par le bras.

— Que fais-tu ?

— Tu verras, viens !

De fines fleurs fragiles tressent une herbe épaisse le long d'un sentier tortueux, trop étroit pour cheminer côte à côte. Léa marche derrière moi.

— Tu n'as pas l'impression de revivre ici ?

Elle me mordille l'oreille, rit, me bouscule, grimpe sur mon dos. Je me sens si bien que je pourrais courir sans jamais plus m'arrêter. Mes bras faiblissent pourtant. Les siens m'enveloppent. Je sens sa poitrine épouser mon dos.

— Laisse-toi faire, chuchote-t-elle en prenant une profonde inspiration.

— J'ai du mal à comprendre ce qui m'arrive !

Nous marchons collés l'un à l'autre, cherchant l'équilibre comme un enfant faisant ses premiers pas.

Les journées passent trop courtes. Nous glissons sur une mer d'huile, à la vitesse d'un hors-bord prêté par ses amis. Léa barre sur Perros-Guirec, tandis qu'à plat ventre sur la proue, je me prends pour un Fou de Bassan. Un instant de liberté inoubliable. Dans l'antre des rochers qui fortifient la côte, le bonheur continue. Nous nous faufilons au cœur du granit rose à travers d'étroites excavations. Nous nous embrassons dans un recoin humide, nous nous caressons à l'abri des regards. L'arrivée de visiteurs nous fait fuir. Nous escaladons alors ces géants intemporels polis par le temps. Sur un des sites élevés, Léa me montre les Sept-Îles. Je ne regarde qu'elle. C'est pour cela qu'elle sourit.

Nous longeons la côte. Et soudain, Léa se met à courir, sans prévenir, pressée de me montrer des vues imprenables. Je reprends mon souffle avant d'en apprécier toute la beauté. Je respire enfin. La semaine pèse sur mes jambes bien lourdes. Léa s'en amuse, grimpe sur les rochers sans répit avec l'agilité d'un bouquetin.

— Mais vous ne faites pas de sport dans votre métier, dit-elle en me voyant peiner.

— On ne grimpe pas, on fait du « saute dessus » chez nous... nuance ! dis-je en cherchant appui sur la roche.

— Tu devrais t'inscrire avec moi au gymnasium, cela te ferait le plus grand bien.

— Bien sûr ! un endroit idéal pour draguer et se donner bonne conscience.

— Parle pour toi, dis donc ! Allez, prends ma main.

— Non, j'y arriverai seul.

— Quelle mule celui-là.

J'atteins le sommet, m'approche de Léa qui, assise en tailleur contemple l'immensité.

— Alors, comme ça, tu fréquentes cette usine à sueur, toi aussi.

— Pourquoi « moi aussi » ?

— Non pour rien, laisse tomber.

— Tu ne serais pas jaloux par hasard ?

— Pas du tout, seulement j'ai du mal à t'imaginer là dedans.

— C'est vrai qu'il y a de beaux mecs, musclés et tout...

— Bon, bah ! ça va maintenant !

— Ah ! tu vois que tu es jaloux.

— Et alors !

— Ça me plaît.

— Et toi, tu l'es ?

— Je suis possessive, tu verras, dit-elle en m'enlaçant, extrêmement possessive.

33

Mes nuits s'embellissent depuis que Léa les partage avec moi à l'hôtel. Et précieuses, je les compte. Et chaque soir, nos corps expriment ce que les mots du jour ne peuvent traduire : un plaisir, fort, détaché de toute raison, inexplicable, doux et bestial. La jouissance dans la sueur et l'orgasme au cœur, je vis l'amour, un moment d'extase qui me donne l'illusion d'être un surhomme, ce génie des *Mille et Une Nuits* qui surgit d'un frottement amoureux. Léa m'effleure le dos. Je dégage ses cheveux. Elle se retourne sans rien dire et se met à frissonner. Je me colle à elle. Elle grelotte maintenant.

— Que t'arrive-t-il ?

— Je ne sais pas. J'ai dû prendre froid.

— Je vais te chercher de l'aspirine.

Dans le couloir, une odeur chaude de cheminée monte de l'escalier. Une lumière d'ambiance posée sur le comptoir du bar empourpre la salle. Là, une jeune femme termine de dresser les tables pour le petit-déjeuner.

— Auriez-vous de l'aspirine, mon amie ne se sent pas très bien ?

— Je vais voir ça. Ne bougez pas.

Des braises s'assoupissent sous une cendre froide. Sur le conduit de cheminée le portrait d'un pêcheur tourmenté fume la pipe. La mer parcourt les murs de la salle : agitée, timide, effrontée, mais toujours aussi belle pour celui qui la peint.

— Je vous en donne deux, me dit-elle.

— Merci et bonne nuit.

La rampe de l'escalier s'est rafraichie. Une coulée froide venant d'en haut glisse sur mes pieds. Une voix étouffée m'arrête dans le couloir, celle d'une petite fille. J'entre dans la chambre et me précipite vers la fenêtre grande ouverte. Les rideaux s'affolent, le lit est vide. En la refermant je découvre Léa recroquevillée par terre.

— Léa ?

Elle semble toute étourdie, les yeux gonflés de larmes.

— Que t'arrive-t-il ?

— Ça va, ça va aller... dit-elle en s'asseyant au bord du lit, reste silencieuse puis se reprend.

— Tu disais ?

— Rien. Mais qu'est-ce qui t'a pris d'ouvrir cette fenêtre ?

— Ce n'est pas moi, c'est le vent.

— Je ne pensais pas que l'amour puisse te rendre aussi triste après.

— Quoi ?... Non ça n'a rien à voir. Ne t'inquiète pas, ça m'arrive souvent quand je suis fatiguée. Tu as trouvé de l'aspirine ?

— Oui.

Elle prend mon bras pour s'endormir. J'ai du mal à trouver le sommeil. J'imagine qu'elle pensait à son mari dont elle ne m'a jamais parlé du reste. Et voilà que je m'excite et saute comme une crêpe rongé par ce cancer. Jaloux de son passé ! Cela me rend fou. Je brûle d'envie de la réveiller pour me rassurer car dans l'amour on a toujours besoin d'être rassuré. La pleine lune, à travers les rideaux poudre son visage d'une lueur argentée. Soudain, les muscles de ses joues se durcissent, ses paupières se plissent, elle grimace. Son corps tout entier se contracte lorsqu'elle vient se blottir contre moi. Ses mains montent jusqu'à sa bouche pour se protéger d'un danger qui aspire mon Sens.

Dans l'ombre rassurante du placard, une lumière aveuglante happe l'enfant. Elle hurle, pleure, se débat, s'accroche à un jouet, à un cintre pour lutter contre une voix :

— Chut ! N'aie pas peur, c'est moi, c'est papa ! Ne crie pas.

Léa se raidit sur les genoux de son père assis sur son lit. Il lui passe les mains dans les cheveux pour la calmer, essuie ses larmes et caresse ses joues. L'odeur d'alcool qui sort de sa bouche fait briller ses yeux qui deviennent tout noir. Ce ne sont pas ceux de son papa mais d'un monstre qui lui ressemble. Il monte dans sa chambre chaque fois que maman s'absente et sent le vin mauvais. La main du monstre se balade sur son corps. Allongée sur le lit, Léa ne peut plus crier. Une étrange stimulation le lui interdit.

— Papa t'aime, tu sais ! Il ne faut rien dire à maman, d'accord !

Il remonte son pantalon, resserre le ceinturon sous le regard de Léa, celui dont il se sert pour la frapper quand elle n'est pas sage avec une tête d'Indien gravée sur la boucle. C'est lui le monstre !

— Papa ! crie Léa.

— Tout va bien, lui dis-je, ne t'inquiète pas... dors maintenant.

Au matin, je me lève d'un bond en ouvrant les yeux. Je suis seul dans le lit. Je me mets un chandail, un jean que j'enfile à cloche-pied et dans ma précipitation, manque de me casser la figure sur mes chaussures. Où est Léa ? Je m'énerve sur mes lacets. Ne plus la voir m'oppresse, partir à sa recherche m'excite. C'est comme une drogue, un vide insupportable que seule sa présence peut combler. Je dévale l'escalier. En bas une cliente qui me voit débouler sursaute, la main sur sa poitrine. Je me précipite au comble de l'énervement du salon à la salle de restaurant, personne. Je fais demi-tour poussé par cette obsédante dépendance qui m'excède et la trouve finalement dehors, sur la terrasse, assise face à la mer, le nez enfoui dans un pull blanc à col roulé, une tasse à la main.

— Tu aurais dû me réveiller, dis-je en faisant signe au serveur. Tu veux autre chose ?

Je m'assieds à sa table. Elle avale une gorgée de café en scrutant l'horizon et me dit :

— Le spectacle est unique, n'est-ce pas ?

— Il l'est en effet, comme toi d'ailleurs !

— Arrête de me dévisager de la sorte, ça me met mal à l'aise. Regarde plutôt le paysage et dis-moi ce que ça te fait...

— Quoi !... oui, c'est oxygénant, en effet, dis-je en me rapprochant d'elle.

— Non ! sincèrement, insiste-t-elle en faisant pivoter ma tête avec ses mains face à la mer, dis-moi et arrête de faire ça !

— Je ne sais pas moi... Elle me berce... Regarde ces veinules vert émeraude se noyer dans le bleu turquoise et l'outremer. On se croirait aux Caraïbes.

— Moi, en tout cas, ça me donne envie d'y aller...

— Où ça ?

— Me baigner pardi !... Alors, tu viens ? me crie-t-elle.

Elle part en courant, abandonne ses vêtements l'un après l'autre sur la sable et pénètre dans l'eau.

Son torse qui semblait glisser jusqu'alors à la surface fond soudain. Flottant comme une bouée, sa tête ondule au loin. Je monte dans la chambre lui chercher une serviette de bain. J'en trouve une toute blanche dans la salle d'eau que je décroche d'une patère fixée au mur. Alors que je m'apprête à la rejoindre, j'aperçois dans l'encoignure de la chambre, posé sur une chaise, son sac à main ouvert. Tel un chien à l'arrêt face au gibier, je me fige devant. L'ombre baignant la surface du sac cache au fond toute son intimité. Une sorte de prurit éveille mes instincts et tord mon esprit. Jetant un rapide coup d'œil vers l'entrebâillement de la porte donnant dans le couloir, je m'approche, prêt à plonger dessus. L'attrait du mystère tinte dans ma tête comme les clés d'une énigme que j'entends bien découvrir : le maillon ou l'indice manquant de son passé. Quel maléfice me pousse à agir ainsi, me dis-je, le sac entre mes mains. Quel réflexe de flic m'aurait incité à renverser son contenu sur le lit si je ne m'étais pas repris ? Quelle honte ! Quelle ignominie ! Comment pourrais-je trahir ainsi sa confiance ! Je le repose sur la chaise, tire d'un coup sec sur la fermeture éclair et claque la porte de la chambre derrière moi en la verrouillant d'un tour de clé.

Arrivé sur la terrasse de l'hôtel, je la vois sortir de l'eau. Un couple sur la digue, emmitouflé dans des parkas, la regarde avec stupéfaction. Seule sur la plage, indifférente au froid et aux autres, elle ramasse ses vêtements éparpillés. Je cours à sa rencontre et m'empresse de l'envelopper dans la serviette. Léa se blottit dans mes bras, toute recroquevillée. Ses lèvres violacées grelottent et me sourient pourtant. Chaque muscle de son corps raidi se détend sous la douceur de l'éponge. Ses cheveux hérissés dégoulinent sur son visage.

— Quelle idée de se baigner par ce froid, dis-je en la frictionnant énergiquement.

Elle cale sa tête tout contre moi et me dit d'une voix chevrotante :

— Le plaisir d'être dans tes bras, Dan ! Et s'il le fallait, j'y retournerais chaque jour. On résiste à la douleur mais on manque toujours de douceur. Vois-tu, rien d'autre n'a d'importance et nous sommes prêtes à tous les sacrifices pour y accéder. Mourir pour le désir d'un homme, cela vous dépasse, vous, les mecs.

— Le sacrifice ?

— Pas seulement. Je te parle du désir, de l'opium de la vie, des douces ailes que vous nous accrochez dans le dos pour vous mener loin, très loin, si loin parfois qu'elles vous éloignent de vos propres repères. Perdus alors, vous blessez votre entourage par vos colères d'enfant. Il est si lâche d'égratigner ceux que l'on aime. Mais votre désir retient notre élan. Rien d'autre ! Sans lui, nous serions tentées d'aller jusqu'aux flammes de l'enfer, quitte à nous brûler. Les femmes vont jusqu'au bout. Oui Dan, quel qu'en soit le prix...

Songeuse, Léa reste silencieuse, enlacée dans mes bras le regard perdu sur l'océan. Puis me le montrant du doigt, elle me dit :

— Sais-tu que dans ces veinules vert émeraude se trouvent les courants les plus chauds ?

— J'en connais d'autres sous la couette qui t'étonneraient...

— Serre-moi fort ! Serre-moi tout contre toi, s'il te plaît. Je suis si bien comme ça, dit-elle les yeux mi-clos. Je n'ai plus froid là, tu vois. Je ne tremble plus. Ne me lâche pas. Ne me lâche plus. Plus jamais, jamais, jamais...

Depuis la digue, quelqu'un nous hèle en faisant de grands gestes.

— C'est Oscar, fait-elle en s'extrayant du cocon.

Nous marchons à sa rencontre. Léa s'ébouriffe les cheveux dans la serviette, bascule sa tête à droite, puis à gauche, l'agite légèrement pour évacuer l'eau de ses oreilles. Je pensais bien la posséder avant l'arrivée d'Oscar. Illusion trompeuse, car celle qui avance à présent à mes côtés ne lui ressemble guère. Souffrirait-elle d'amnésie pour m'ignorer ainsi ? Ou serait-ce la présence d'Oscar qui la fait se comporter de la sorte ? Une métamorphose masque son visage, aussi soudaine que la dernière fois au café des Arcs, comme si l'esprit d'une autre venait de prendre possession de son corps. Ses joues se creusent sous un teint blafard, ses lèvres virent du violet au noir, se rétractent. Son visage se ferme, durcit brutalement pour je ne sais quelle raison, d'un regard noir à faire froid dans le dos.

— Léa ! Léa, ça va ? dis-je avec insistance en la prenant par le bras. Je suis là !

— Oui ! dit-elle, amère. Qu'est-ce que tu as encore ?

— Comment cela, qu'est-ce que j'ai ? Quelque chose ne passe pas. Tu veux peut-être rester seule ? Je comprendrais, tu sais. On a tous besoin d'être seul par moment.

— Mais non ! De quoi parles-tu ?

Oscar nous rejoint, coupant court à notre discussion. Il nous propose de venir pique-niquer en bateau avec eux sur l'Île de Molaine. Gaétan serait déjà en train de préparer le panier. Je regarde Léa avec circonspection.

— C'est gentil, dit-elle en se rhabillant, mais j'ai prévu d'emmener Dan à Ploumanach.

— Ah bon ! dis-je, étonné.

— Tant pis ! répond Oscar en haussant des épaules. Remarquez, vous ne serez pas déçu, Dan. Ploumanach est un petit village de pêcheurs des plus typiques de la région. C'est mignon comme tout, vous verrez ! Je souhaite seulement qu'il n'y ait pas autant de touristes que la semaine dernière.

— Vous êtes là ce soir ? demande Léa en enfilant son chandail.

— Passez prendre un kir breton à la maison rétorque Oscar sans hésiter. À moins que Dan...

— Vous savez, le cidre et moi... dis-je en faisant la grimace.

— Ah ce normand ! on voit bien qu'il n'a jamais goûté au vrai cidre ! Alors, à ce soir ! fait-il goguenard.

— Embrasse Gaétan pour moi !

Oscar lève la main sans se retourner et nous fait un signe pour acquiescer.

— Tu sais, Oscar doit vraiment t'apprécier pour te titiller de la sorte me dit Léa en nous acheminant vers l'hôtel.

— Que veux-tu dire par là ?

— Oh rien ! poursuit-elle railleuse, sauf que tu dois être son type d'homme. Tu lui plais mon vieux, ça se voit ! Mais ne t'inquiète pas. Oscar est quelqu'un de fidèle.

— M'inquiéter ! Mais de quoi ? Ecoute Léa, j'ai du mal à te suivre. Un coup ça ne va plus, un coup ça va... je n'ai pas fait cinq cents bornes pour subir des sautes d'humeurs. Ok ! Alors où tu m'expliques ton pas de danse, ou bien je me casse tout de suite.

Sur le pas de la porte de l'hôtel, elle me dit l'œil coquin :

— Je monte prendre une douche, tu fais quoi ?

— Je vais rester ici, ça me calmera.

La main posée contre le mur de la façade, Léa, hésitante vacille un instant, puis, sortant à reculons, me lance d'une voix fluette :

— Je ne danse pas avec toi Dan... et je ne veux pas que tu partes non plus.

Elle entre. Allez !... Prends ça dans les dents, me dis-je en allant au bout de la terrasse. Un peu plus, elle me ferait croire que je suis le tortionnaire. Un peu fort, tout de même ! On aurait dit une petite fille larmoyante partant au piquet. Elle s'est punie elle-même, et si elle pense me culpabiliser, alors là, ma grande, c'est mal me connaître ! Lisse comme du marbre le Dan ! Elle peut toujours me jouer la femme-enfant, avec moi ça ne marche pas. Je resterai ici à l'attendre. Nous irons bouffer sa crêpe à « plouchmana » et après, basta...

Très vite ma colère retombe. La mer m'inspire peu. Son roulis cependant m'emmène sous la douche avec Léa. Je me trémousse sur ma chaise, tentant de la chasser de ma tête. Le plaisir demeure cependant le plus fort. Je l'imagine dans la cabine toute embuée, se savonnant, ses mains pleines de bulles, éclatant sous un torrent d'eau, lissant sa peau. Il faut tenir. Surtout ne pas céder aux caprices de ma queue qui me ferait grimper comme un dératé. Le portable dans ma poche me gêne. Je le sors et compose le numéro de la maison pour prendre des nouvelles. Tout va bien me dit ma mère. Agathe a obtenu les compliments à l'école.

Elle est impatiente de montrer son bulletin. Elle commence cependant à trouver le temps long et veille tard le soir en suivant les aventures du *Club des Cinq*. Je lui rapporterai des crêpes, quelques galettes sans oublier les fameuses fraises de Plougastel. Gathy adore les fraises. Ma mère me demande comment se passe mon séjour. Et avec une ferveur sans égal, je décris le paysage qui m'entoure, lui parle de mon coup de foudre pour cette région qui l'indiffère totalement. Seule ma relation avec Léa Brandt l'intéresse. Difficile est le premier mot qui me vient à l'esprit.

— Tant mieux ! réplique-t-elle, le temps se chargera de tout simplifier. Alors ! tu l'aimes ?

— Tu ne vas t'y mettre toi aussi ! dis-je agacé. Que veux-tu que je te dise ? C'est un yoyo cette femme. Je n'arrive pas à la suivre... ça me plaît assez, remarque et puis... Ce n'est pas toi qui m'as dit qu'il ne fallait jamais juger une relation avant les trois mois probatoires ?

— Pour les autres, bien sûr. Mais quand il s'agit de mon fils, c'est différent.

— Comment ça, différent ?

— Tu es l'exception à la règle, que veux-tu ! J'aimerais tant que ce soit la bonne... cinq ans se sont déjà écoulés, tu sais...

— Arrête maman, arrête ! Ne te fais pas de souci pour moi de toute façon, je rentre demain.

— En tous cas, profite bien mon chéri. Je vais te préparer une soupe de poissons comme tu l'aimes pour ton retour. Je t'embrasse trésor, je t'embrasse...

34

Ploumanach se trouve à quatre kilomètres de Landrellec, en longeant la côte. Nous traversons un pont métallique au-dessous duquel des barques de pêcheurs s'asphyxient aux amarres. Toutes couchées sur le côté, leur coque s'envase en attendant la marée. Nous roulons vers ce petit village bâti sur les hauteurs, dont la route étroite, toute pavée, tourne, vire, s'enroule autour de petites maisons de granit gris, qui semblent sculptées à même la roche.

— Nous sommes à Ploumanach, me dit Léa.

Les portes, les fenêtres en façade en forme de demi-lune adoucissent la rudesse de la pierre. Les fleurs sur chaque devanture les rendent aussi plus hospitalières. Un pub se distingue par sa pancarte illustrée d'une cigogne. L'ensemble surplombe une crique près de laquelle nous garons la voiture. Léa me signale que nous avons de la chance car d'ordinaire à cette heure, le parking est déjà plein. Nous sortons de l'automobile, elle tire sur ma main pour m'obliger à me pencher et m'embrasse sur la joue, peut être pour s'excuser à sa manière sans mot dire. Elle me conduit vers un morceau de plage, me montre la crêperie au passage où nous irons déjeuner. Deux personnes se baignent. Léa les regarde avec l'envie de les rejoindre. Des enfants construisent des châteaux de sable, jouent à la marelle, d'autres improvisent un match de foot, et sur un parcours de randonneurs, une chaîne humaine se perd dans les broussailles. À portée de brasse, un îlot sauvage, piqué de résineux fougueux découpe le paysage. L'ombre des feuillages dans le bleu du ciel brode de ses aiguilles des fils argentés scintillant sur la mer.

— Alors, qu'en dis-tu ?

— J'aime ! Vraiment, je suis estomaqué. L'endroit est doux et réellement envoûtant.

— C'est ce que j'ai ressenti à peu de chose près la première fois que je suis venue ici avec mes amis. Ce sont eux qui m'ont fait découvrir le coin.

— Je trouve très délicat de ta part d'avoir pris l'initiative d'un déjeuner en tête à tête. Non pas que l'idée d'un pique-nique sur l'île Moulaine m'ait déplu, mais...

— MOLAINE, pas Moulaine. Tu aurais aimé, je pense. Nous ferons ça une autre fois ! Mais pour notre dernière journée en Bretagne, il était normal que déjeunions ensemble. Au fait, je ne t'ai pas dis !...

Elle enchaîne son bras au mien avec un large sourire.

— Quoi ?

— C'est moi qui t'invite ! m'apprend-elle en me tirant vers le restaurant.

— Hors de question ! dis-je en me raidissant.

— J'ai eu l'idée avant. Allez, fais-moi plaisir, s'il te plaît.

— Non, non et non !

— Ecoute, tu t'es déjà ruiné pour la chambre d'hôtel, laisse-moi au moins payer le resto. Ce n'est qu'une crêperie, tu sais, pas le Ritz...

— Question de principe. Un homme se doit d'inviter une femme.

— Pour un dîner, soit, mais là il ne s'agit que d'un déjeuner !

Nous arrivons sur une terrasse pleine de monde, construite autour d'un arbre dont les branches servent naturellement de toit. Je cherche Léa qui, du fond de la salle me fait un signe. Elle réserve une table accolée au mur, sa main posée dessus comme si elle allait s'envoler. Bien que bruyant, l'endroit rustique me plaît assez. Léa commande du rosé et des cacahuètes. Je souris.

— Qu'y a-t-il ? T'es allergique aux cacahuètes ?

Elle en pioche une pleine poignée dans la soucoupe.

— Ça me rappelle quelque chose, c'est tout...

Je revois le paquet de cacahuètes laissé sur la table de la cuisine de Montrouge.

— Quoi ? poursuit-elle.

— Rien d'important. Je te trouve si belle quand tu es dans la vie.

— Ça y est ! je parie que tu vas me rejouer l'épisode précédent. Et pourquoi si...et pourquoi ça...

— Ne t'emballe pas Léa, cesse de m'agresser !

— Un réflexe, désolée. Parlons d'autre chose que de moi, veux-tu !

La serveuse dépose la « trois fromages » et une « complète » sur la table sans oublier le vin. Je la sers, et prenant une bonne gorgée elle me dit :

— Parle-moi de toi, plutôt.

— Que veux-tu savoir ?

— Tout.

Il me faut prendre une profonde inspiration pour sortir ce que j'ai à lui dire.

— J'ai une fille, Léa.

— Ah ! fait-elle, décontenancée. Et comment s'appelle-t-elle ?

— Agathe.

— C'est très joli, Agathe ! Pourquoi ne pas m'en avoir parlé avant, dit-elle en posant ses couverts sur le rebord de l'assiette, tu avais peur de ma réaction ?

Elle semble avoir du mal à déglutir un morceau de crêpe coincé dans sa gorge.

— Non, jusqu'à présent, je n'en voyais pas l'intérêt.

Ses coudes sur la table, elle joint ses mains au-dessus de l'assiette, comme pour prier.

— Et qu'est-ce qui t'a fait changer d'avis.

— Tu me le demandes ?

— Je suppose que cette petite vit chez sa mère.

— Non, chez moi, avec ma mère ! Enfin je veux dire qu'elle est avec ma mère, mais chez moi. Je suis veuf, Léa.

— Je déteste ce mot, dit-elle en s'affalant sur sa chaise. Excuse-moi, je ne pouvais pas savoir.

— Je comprends, dis-je en vidant d'un coup mon verre de rosé.

Renonçant à terminer les lambeaux de crêpe refroidis dans l'assiette, elle me dit vouloir prendre un café. Plus question de dessert et en me rendant aux toilettes, j'en profite pour régler l'addition. Léa, visiblement tourmentée en oublie ce détail en se levant. Nous retournons sur la jetée respirer un bol d'air en marchant côte à côte sans rien dire. J'espérais, en me dévoilant de la sorte, susciter en elle autre chose qu'un silence, mais je me promets de déterrer tous ses secrets avec mes ongles, mes mains, mes pieds, de tout mon corps, de toute mon âme, j'irai chercher avec une pelle s'il le faut ses traumatismes indicibles. Nous serons libres alors. Libres, me dis-je, de nous offrir une vie meilleure.
Elle s'arrête brusquement :

— Moi aussi j'ai quelque chose à t'avouer...

Elle marque un temps d'arrêt avant de me faire face et me dit :

— ... j'ai toujours rêvé d'avoir une fille.

Léa me prend la main, lit dans mon regard s'élever une béatitude extrême, puis perler sur ma joue un mince filet froid. Je ne l'efface ni ne m'en cache non plus. Je laisse au contraire couler cette liqueur dont l'épaisseur enveloppe mon cœur. Léa s'en humecte les lèvres.

35

Ce matin, temps gris, maussade et ciel lourd. Je charge les derniers bagages dans la voiture. Ses amis sont venus nous dire au revoir. Léa rentre avec moi. J'ai l'impression de n'avoir rien vu de Landrellec. Nous partons sur deux coups de klaxon.

— Comment as-tu trouvé cette semaine ? me dit-elle

— Merveilleuse, grâce à toi.

— Si tu savais l'angoisse que j'éprouve à l'idée de rentrer sur Paris.

— La mienne est ailleurs.

— Que veux-tu dire par là ?

— Justement, je ne sais comment t'en parler...

Le visage de Léa se ferme.

— Finalement, je ne sais rien de toi, ni qui tu es, ni d'où tu viens...

— C'est important pour toi Dan ?

— Bien sûr !

— Tu as besoin de connaitre le passé des gens pour les aimer ?

— Pas pour les aimer ! Pour les connaître.

— Bah ! vas-y ; pose les tes questions ! Ah ! Chassez le naturel, il revient au galop. Alors le flic ! Tu les poses tes questions. Que veux-tu savoir au juste ? Si je me came ? Si j'ai le sida ? Ça mon pote, il fallait me le demander avant... j'aurais dû rentrer en train... Arrête-moi là, s'il te plaît !

— Je ne peux pas ! Qu'est-ce qui te prend, calme-toi !

— Arrête la voiture ! Là ! Tout de suite ! ARRÊTE !

Je stoppe sur la bande d'arrêt d'urgence. Elle sort de la voiture à contre sens de l'autoroute et s'assied sur la rambarde de sécurité, parle seule, le regard dans le vide, crache son venin comme le ciel son crachin. Je l'observe dans le rétroviseur. Léa bascule d'avant en arrière en se tenant le ventre, s'interrompt de douleur, regarde dans ma direction, puis recommence. J'ouvre la portière côté passager. Elle monte sans mot dire.

Le retour sur Paris devient d'un ennui incommensurable... Hors de question que je fasse le premier pas. Nous ne nous adressons plus la parole durant quatre cents kilomètres, chacun réfugié dans son monde, distrait par la musique. Nous changeons de station à tour de rôle pour zapper les pubs. Je suis loin d'imaginer qu'en arrivant à l'avenue des Gobelins, Léa va me proposer de monter boire un verre. Je ne suis jamais allé chez elle. Je n'y comprends plus rien. Elle bombe son torse en descendant de la voiture. La cambrure de ses reins force l'invitation. Je monte jusqu'à l'appartement.

L'endroit s'avère identique à ce que mon Sens m'avait décrit. J'avance dans le salon. La réalité s'y superpose comme un calque. Rien n'a changé hormis les peintures peut-être... Au plafond, la poutre séparant le salon de la salle à manger porte encore l'encoche de la corde du pendu, même canapé, même petite table basse, mêmes doubles rideaux.

— Alors, comment tu trouves ?

— C'est... spacieux !

— Tu prends quelque chose ?

— Un café, merci.

Un rayon de lumière scinde la pièce en deux et m'empêche de voir Léa adossée au mur. Je referme aussitôt la fenêtre.

— Il y a mieux comme vue, me dit-elle. Je me suis dit que comme ça, au moins, tu me remarquerais.

L'offrande fumante de la tasse de café cache celle qui me la tend. Je pose le café et Léa m'apparaît sans jupe ni chemisier. Je m'imprègne de son odeur en roulant sur sa peau. Je respire plus fort lorsqu'elle me déshabille. À présent, rien d'autre ne compte.

36

Je m'étire de tout mon long dans le lit. Ma main la cherche, caresse l'endroit que son corps a tiédi. Si l'amour épanouit une femme, il nourrit son homme. Je n'ai ni faim ni soif. Heureux, je me lève en tirant le drap dont je me couvre, traverse la chambre dans tous les sens, cape au vent tel superman. Je m'arrête net devant un miroir, prêt à clamer mon bonheur lorsqu'un objet m'en coupe l'envie. Sur le rebord d'une cheminée, je découvre, entre deux bouteilles de parfum, une boucle de ceinture gravée d'une tête d'Indien qui appartenait à son père. Je m'en saisis. Un mystère charge la pièce d'une atmosphère morbide. Je me sens mal en fouillant ainsi sous le lit, dans l'armoire, en scrutant chaque étagère chaque tiroir à la recherche d'un indice, de n'importe quoi me permettant de comprendre. Mais comprendre quoi ?

J'éprouve un malaise devant une malle en bois au couvercle bombé. Je l'ouvre, saisis d'un mauvais pressentiment. L'horreur me transperce le cœur d'un coup de harpon : deux ceintures d'homme et une corde en nylon pendent dans ma main comme des serpents, me tétanisent le bras de leur venin dont l'aigreur me saute à la gorge. Mes yeux brûlent de colère, se troublent sur un monde qui s'écroule soudain.

Je veux croire qu'elles appartiennent à son père. À personne d'autre. Je cogne sur ma tête pour en extraire les pièces d'un puzzle, mais cette corde, mon Dieu ! Cette corde ! me dis-je en la serrant dans mon poing.

Je sors de la pièce déterminé à en découdre avec elle. Une voix d'enfant s'échappe de la salle de bain, semblable à celle que j'ai entendue à l'auberge. À genoux sur le carrelage, me tournant le dos, Léa se balance d'avant en arrière en soliloquant comme un disque rayé :

— C'est un méchant monsieur, c'est pas ton papa, c'est un méchant monsieur, c'est pas ton papa...

Mon Sens me précipite dans l'effroyable vérité.

Une femme traîne un homme au sol jusque dans une cuisine. C'est le père de Léa, ivre mort. Léa doit avoir sept ans. Elle tient une corde à la main.
« Tu peux me la donner ma chérie » lui demande sa mère. Ses yeux, son expression, sont identiques à ceux que j'ai vus au café des Arcs et sur la plage. Sa mère a les cheveux clairs, un visage aiguisé. Plutôt petite, mais énergique, elle monte sur un tabouret, passe la corde entre le mur et le tuyau de gaz, fait un nœud double autour du tuyau avant de descendre, traîne le père comme un sac informe le long du mur et lui enfile son collier. Elle s'essuie les yeux.

Le regard de Léa sur son père lui donne la force de tirer sur la corde sans plus lâcher. Il se débat dans tous les sens, griffe son cou pour saisir la corde qui l'étrangle puis tend les bras vers sa femme. Les coups de talons dans le mur cessent. Un corps inerte se balance. Ecoute-moi bien, dit la mère de Léa, cet homme n'est pas ton père. C'est un méchant monsieur. Tu m'as compris.

— Que fais-tu Léa ? lui dis-je

Elle se retourne, surprise. Et sans l'avoir vu venir, je me prends un coup de lame sur le torse.

— Qu'est-ce qui te prend, tu es folle ou quoi !

Je recule dans le couloir. Elle avance alors en pointant son couteau sur moi. Ses bras saignent. Mais ce regard, cette voix...

— Ne t'approche pas de ma fille, salopard !

— Léa enfin ! Qu'est-ce qui t'arrive ?

— Laisse-la en dehors de ça ! Comment as-tu osé, salaud !

La voix de sa mère me pousse dans le salon. Mon Sens l'absorbe :

Je vois Léa passer la corde autour du cou de son mari. Il dort, ivre, sur le canapé et d'un coup, se balance, flotte, puis s'agite sous la poutre. La scène se répète à l'identique. Léa pousse avec son pied le canapé sur lequel son mari sera supposé être monté pour se pendre.

— Tu l'as tué, alors ?

— Tu vas connaître le même sort, crétin ! hurle la voix de sa mère, tandis que Léa regarde le gibet.

J'attrape son bras armé du couteau. Elle me tire les cheveux, griffe mon visage en s'efforçant de me crever les yeux. Un coup de pied la propulse contre les chaises entourant la table. Je récupère le couteau. Elle revient à la charge. Je lâche la ceinture de son père, prêt à me défendre. Son attention se détourne sur l'objet, les traits de son visage s'adoucissent, puis avec une extrême violence, Léa projette une chaise qui fait voler la fenêtre en éclats.

Le bois brisé projette mon Sens sur la pendaison de James Montrouge :

Léa mon Dieu ! Elle pousse du pied la chaise encastrée sous la table, mange des cacahuètes dans la cuisine, bois un verre d'eau, claque la porte en partant puis ôte son gant.

Idem pour Carl Pitch. Comme un ver dans le fruit, la tueuse est en elle. Une voix d'enfant murmure soudain :

— C'est à mon papa ça !

— Si tu me laisses parler à Léa, je te le donne, d'accord !

Je ramasse la boucle sans la quitter des yeux. Son corps immobile semble s'être vidé de son âme. Horrifiée de me voir un couteau à la main, Léa s'effraye :

— Mais qu'est-ce qui t'arrive ? Qu'est-ce que j'ai ? Qu'est-ce que tu m'as fait Dan ? se demande-t-elle en voyant ses bras.

Elle se précipite vers la fenêtre en appelant à l'aide.

— C'est toi Léa. Tout ça c'est toi, dis-je résigné.

— Tu es dingue ou quoi ! Ne t'approche pas de moi ! Tu me fais peur... Arrête !

— Tu as voulu me tuer Léa, comme ton mari, comme James Montrouge... je peux continuer la liste si tu veux. Carl Pitch, celui-là, tu l'as connu au gymnasium, n'est-ce pas ?

— Mon mari s'est suicidé !

— Et ton père alors ?

— Lui aussi. Sale flic ! Pauvre con ! Comment oses-tu ?

— Regarde ce que tu tiens dans la main. Je sais ce qui s'est passé...

— Il ne s'est rien passé ! reprend sèchement la voix de sa mère.

— Je ne parle qu'à Léa, dis-je.

Ses yeux se révulsent.

— Mon père s'est pendu, comme mon mari, c'est tout. Les autres, je ne les connais pas.

Des larmes coulent sur ses joues.

— Non, c'est ta mère qui a tué ton père, parce qu'il te violait. C'est elle qui les a tués, tous. Elle est en toi, Léa. Le sais-tu seulement ? Elle a tué ton mari, tes rencontres et veut me tuer maintenant.

— Tu es fou ! Comment pourrais-je te faire du mal Dan ? Je t'aime !

— Et ça, c'est quoi à ton avis ! lui dis-je en lui montrant ma plaie.

Elle pleure en secouant la tête refusant d'admettre, agrippée au garde fou de la fenêtre, la véracité de mes propos.

— Je ne te ferai jamais de mal Dan, jamais.

— Que fais-tu ? dis-je en avançant vers elle.

— Ne m'approche pas ou je saute, tu entends.

Elle s'assied sur le garde-fou.

À l'inverse de mon Sens qui l'infiltre, je m'arrête. A présent, Léa entend chuchoter ses démons. Suspendue à mon regard, je m'accroche à sa vie. Elle ferme les yeux et bascule dans le vide. L'image cauchemardesque du pavé mouillé autour de son corps me fait hurler. Ce n'est pas Léa qui est dehors. Ma femme non plus puisqu'elle m'attend dans la voiture. Un accident !... je deviens fou, ma femme est morte depuis longtemps ! Qui est cette femme qui gît dehors ? J'appelle Léa, je tourne en rond dans la pièce comme un fou, me cogne à des murs invisibles. Je crie, j'ai peur, je suis seul. Je retourne à la fenêtre car je ne peux pas croire que ses baisers, sa voix, sa peau puisse disparaître à jamais. La réalité m'étourdit, se déforme, m'écrase. J'ai tout perdu. Tout. Je m'assieds au milieu du salon, les yeux rivés à ce mur blanc. Comme mon sang, le temps s'écoule, sans importance...
On tambourine à la porte.

— Police, ouvrez ! Ouvrez !

Le silence précède un grand fracas qui ne me fait même pas sursauter. Quatre policiers l'arme au poing entrent dans l'appartement. La scène se fige. On m'emmène aux urgences. La vie sans Léa n'a plus de sens. Elle file sans but, comme ces gouttelettes de pluie qui glissent sur le carreau de la voiture de police. La chute de Léa martèle mon esprit à intervalles réguliers. En descendant de voiture, menottes aux poignets, une chose étrange se produit cependant : ce lien si familier, le commissariat, me semble soudain austère. On m'attache sur le banc de vérifications. Une présomption de culpabilité plane sur moi. Je suis devenu le « crâne » que l'on expédie au fond des cages, entrant dans une machine à délinquants dont les rouages vont me broyer.

Le mien de rouage a une sale tronche. Vingt-cinq ans au plus, blond, une coupe en brosse, des yeux marron dans un visage tout rond. Ses lèvres fines, serrées, couvrent des dents limées qui tranchent mes droits. Je suis en garde à vue. Le lieutenant Catalan, du nom inscrit en lettres capitales sur son bureau, attend une réaction de ma part. Je n'en n'ai aucune. Il me demande si je veux aviser un membre de ma famille.

— Oui, ma mère ! lui dis-je. Je devais aller chercher ma fille à l'école ce soir. Ne lui dites rien, s'il vous plaît.

Catalan note le numéro que je lui donne et enchaine sur l'avocat. Je pense subitement à David Wang.

— Vous trouverez son numéro dans mon portefeuille.

Catalan le secoue au-dessus de la table, trie le tas de papier qui en tombe pour trouver la carte. Je me sens dépouillé de tout. Mes chaussures n'ont plus de lacets. Ils sont dans ma fouille avec mon portefeuille, ma montre et mon portable. David est rentré de Singapour. Catalan lui annonce avec un plaisir non dissimulé le motif de la garde à vue, ainsi que mon heure d'interpellation. Je me sens honteux, sale, l'âme si brisée que j'ose à peine lever la tête. Rien ne plaide en ma faveur.

— Date et lieu de naissance ? poursuit Catalan. Profession ?

— Lieutenant de police.

Ses doigts cessent de taper sur clavier l'espace d'une seconde. Il réajuste son fauteuil à roulettes, se cale, puis repart de plus belle. La taille du gibier l'enthousiasme. Catalan se frotte les mains comme s'il aiguisait un couteau. Le canon silencieux de sa bouche me vise, maintenant. Je ne connais que trop bien ses astuces. En revanche, ce qui me déroute, c'est qu'elles s'appliquent à mon encontre. Avant le tir des questions en rafale, il me conditionne sur un scénario qu'il s'est déjà construit.

Prêt à m'annoncer son intime conviction, un petit homme brun et râblé entre dans le bureau et lui glisse trois mots à l'oreille qui l'irritent. On me raccompagne dans ma cellule sans autre explication. Là, brille une lueur d'espoir. David m'attend.

— J'ai fait aussi vite que possible. Viens, nous n'avons que peu de temps pour mettre au point ta défense... Quel drame Dan !

Comme si nous venions de nous quitter la veille, la voix de David me soutient jusqu'à notre arrivée dans un bureau où nous conduit un brigadier-chef, petit, chauve et à lunettes. Je m'effondre sur la chaise.

— Je ne veux plus vivre David. L'amour pour cette femme me consume. Je me fous bien de ce qu'il peut m'arriver à présent, tu comprends ?

— Alors, tu ne t'en es même pas rendu compte !

— De quoi ?

David me secoue par les épaules comme pour me réveiller.

— De ton don, Dan ! Je te parle du don que tu viens de perdre.

— Comment sais-tu cela ?

— Je l'ai su dès le premier jour. N'avais-tu rien senti ? Crois-tu que ma proposition dans la brasserie était dénuée de sens ? Je t'avais dit de faire attention. Je voyais bien ce qui allait t'arriver sans imaginer un avenir aussi proche. Je vois dans l'avenir comme tu voyais dans le passé. J'aurais dû t'en parler, enfreindre ce secret qui nous lie. Je m'en veux tellement Dan, si tu savais...

— Et maintenant, que vois-tu ? dis-je résigné.

— Trop de souffrance. Je ressens trop de souffrance pour y voir quelque chose. Mais pour le moment, écoute bien ce que je vais te dire...

— David, j'ai perdu deux choses des plus précieuses au monde. Que veux-tu que j'attende de la vie...

— Bon, l'avocat te parle, d'accord ! Tu vas t'en tenir aux faits. À rien d'autre. Tu ne répondras à aucune question concernant tes relations avec Léa. Ça m'incombe. Les faits, rien que les faits, Dan. Plus tes réponses seront courtes, plus cela facilitera mon travail devant le juge. Tu m'as compris ?

Je regarde le carrelage, mon corps ratatiné sur la chaise.

— Les trente minutes sont écoulées, dit le petit chauve à lunettes.

— Dan, regarde-moi ! Suis mes instructions à la lettre, c'est compris ?

La porte s'ouvre. David se lève, les lèvres pincées.

— Tiens bon, je m'occupe de tout, me répète-t-il.

Devant ma cage de garde à vue, les parois en plexiglas sont toutes rayées. Une femme des pays de l'Est assise dans la sienne me regarde, indifférente. Ses cheveux noirs, bouclés, tombent sur une jupe bouffante. Le tour de clé lui déclenche un sourire aux dents dorées. Je prends place sur un banc froid. Jeté vivant dans une fosse, je m'imagine devant la porte d'une cellule, criant mon matricule. L'exiguïté de la cage m'étreint. L'air me manque. Je lève les yeux pour respirer profondément et découvre, au-dessus de moi, une petite lucarne à peine plus grande qu'une boîte à chaussures, protégée par des barreaux.

37

La chirurgie de Catalan n'a pas opéré. Les pièges tendus non plus. Privé du plaisir de m'épingler grâce aux précieux conseils de David, il croit tenir quelque chose en me demandant si la boucle de cette ceinture m'appartient.

— À un monstre, lui dis-je.

Sans comprendre, Catalan poursuit :

— Je sais que tu mens. Tu ne me la feras pas avec ta thèse du suicide. Je convaincrai le juge du contraire, mon salaud. Tu peux me croire...

David a décalé tous ses rendez-vous pour me récupérer au Palais de justice. Je monte dans sa voiture.

— J'ai négocié ton contrôle judiciaire avec le juge d'instruction, me dit-il. Catalan doit être vert de rage. Je t'emmène boire un verre, ça nous changera les idées.

Mon chef me notifie verbalement ma suspension sur la messagerie de mon portable. Mais convaincu de mon innocence, il m'apporte son soutien. Juste après, la voix de Léa est archivée. Je l'écoute encore et cela me fait mal.

— Veux-tu que nous en parlions ? me demande David.

— Inutile... j'aurais dû la suivre comme mon Sens l'a fait, dis-je en me frottant le visage.

— Qu'aurais-tu pu faire, hein ?

— La rattraper...

— Viens, on va s'arrêter là.

Nous entrons dans un café branché de la place Victor Hugo. Au moment de m'asseoir, effrayé de ne plus rien ressentir, je saisis le bras de David. Je me sens perdu et tourne la tête de tous côté, incapable de capter l'âme d'autrui. Les être sont devenus plats comme des affiches.

— Ne t'inquiète pas, cela va passer, c'est normal, me rassure-t-il.

— J'aimerai t'y voir...

— J'y suis Dan. Je suis avec toi. On peut vivre sans. Pense à ta fille, à ta mère. Tu n'es pas seul, tu sais.

Il resserre sa main tenant mon bras.

— Je ne sais plus, j'ai oublié. Que dois-je attendre de la vie à présent ?

— Demande-toi plutôt ce que tu peux lui apporter.

Je remue mon café et lui demande après un moment de réflexion :

— J'ai une chance de m'en sortir ?

— Lorsqu'on détient la vérité, on s'en sort toujours.

David me raccompagne chez moi. Je sais combien ce temps lui coûte.

— On va y arriver Dan, m'assure-t-il.

Je lui souris, puis disparais derrière la porte de mon immeuble.

38

Je coupe la douche qui goutte encore sur ma tête. J'ouvre à fond le robinet d'eau froide et m'oblige à rester dessous jusqu'à violacer mon corps, bleuir mes lèvres, marteler ma peau. Je veux souffrir, me sentir coupable. Soudain, les paroles de Léa me reviennent : « Je ne te ferai jamais de mal, Dan, jamais... ».

Léa, morte pour l'amour que je porte en moi... Ce message doit résonner dans ma vie. L'amour, voilà ce que je dois apporter à la vie. L'amour...

39

L'assistance prend son temps pour s'installer au tribunal. La hauteur du plafond amplifie les bruits amortis par des parois en bois sculpté recouvrant les murs. Deux grosses lampes jaunes en descendent suspendues à un fil, comme ce sort qui me guette.

Certains réservent une place pour leur proche à l'aide d'un manteau posé en boule, d'autres se décalent, recherchent le meilleur angle. Chargée d'histoire, la salle d'audience impose le respect. Soudain, je me crois victime d'une hallucination. Mon père est dans la salle. Je fuis son regard. J'en veux à ma mère. Ne pouvant se libérer, elle n'a pu s'empêcher de l'appeler à la rescousse. Sa présence, loin de me soutenir, m'afflige. L'idée qu'il soit monté à Paris pour assister aux débats et avoir la primeur du verdict m'écœure.

À la demande de l'huissier de justice, tout le monde se lève. Les juges font leur entrée.

« Affaire 2633. Ministère public contre Wang appelé à la barre » annonce l'huissier.

— C'est à nous, me confirme David en me tapotant la cuisse.

La Présidente ouvre un dossier et résume les faits à haute voix. Tant de choses oubliées, tant d'éléments filtrés me portent à croire entendre l'histoire d'un autre, mais pas la mienne. Derrière, le public chuchote. Les couteaux de la honte me transpercent sans que je puisse me défendre. Un des assesseurs de la Présidente, celui de gauche, le nez en l'air, joint les mains comme pour prier. Celui de droite plus inquiétant, fouille dans le code pénal. Le Procureur, grand et sec, sourit à son adjointe, gomme la sentence précédente qu'il officialise de sa plume. La présidente l'interpelle en attente de ses réquisitions. Le Procureur se lève, solennel tandis que la Présidente m'observe. Les paroles et le regard accusateur du ministère public m'écrasent.

— Que pourrais-je ajouter, Madame la Présidente, sinon que les faits parlent d'eux-mêmes. Un drame conjugal, comme il en existe tant d'autres, malheureusement. Sauf que celui que nous poursuivons aujourd'hui a entraîné la mort de Léa Brandt. Un drame d'une rare violence, si l'on en juge l'état de la pièce où s'est déroulée la tragédie...

La Présidente feuillette les pages de la procédure pour y découvrir l'album de photographies.

— ... Un drame dans lequel l'inculpé voudrait nous faire croire que la victime, Léa Brandt se serait défenestrée elle-même, et, si je lis bien votre déposition que vous auriez tenté en vain de la retenir. Alors, expliquez-moi le couteau portant vos empreintes mêlées à celle de la victime. Expliquez-moi les entailles sur son corps ! Expliquez-moi encore comment une femme aussi frêle que Léa Brandt a pu faire voler en éclat une fenêtre à l'aide d'une chaise. Madame la présidente ! Enfin, expliquez-moi pourquoi un médecin à la carrière prometteuse se serait suicidé en présence du prévenu. Je m'en tiendrais aux faits, Madame la présidente, et je me demande encore ce qui a pu inciter le prévenu à inventer une histoire aussi grotesque. En conséquence, le ministère public que je représente requiert cinq ans de prison ferme à son encontre.

Un bain d'azote me brûle de l'intérieur. Le public satisfait se détend.

— Merci Monsieur le procureur. La parole est à la défense. Maître Wang !

— Maintenant, regarde comment se gagne un procès !

Encore abasourdi par la peine requise, je ne comprends rien à ce qu'il vient de me dire. Un éclat de lumière moire le satin de sa robe. Face à la barre, il reprend les faits, les enveloppe dans un étourdissant va-et-vient, ventilant avec lui une odeur de bois et de parfum bon marché émanant de la salle. Mes oreilles sifflent, bourdonnent dès qu'il prononce le nom de Léa Brandt. La chute se répète sans cesse dans ma tête, sans que ma main puisse l'empêcher. C'est alors que David, tournant le dos au tribunal et faisant face au public, déclare :

— je me suis évertué à dire que ce procès intenté à mon client n'a pas lieu d'être. Et devant vous, Madame La présidente, je vais en apporter la preuve. Deux mots suffisent à ébranler l'action inopportune menée par Monsieur le procureur : un suicide. Car la mort de Léa Brandt résulte bien d'une volonté libre et éclairée. Mais aviez-vous connaissance, Monsieur le procureur, du fait que Léa Brandt était suivie par un psychanalyste de renom, le docteur Alfred Bizack, depuis de nombreuses années !...

Le Procureur, les assesseurs comme la présidente recherchent cet élément dans la procédure.

— ... Et pour être plus précis, Madame la présidente, depuis le suicide de son mari, dit-il en se tournant vers elle... Enfin, c'est ce que l'enquête a conclu à l'époque. Un suicide par pendaison, Madame la présidente.

— Comment se fait-il que je ne trouve pas trace de cette pièce, Maître ? interrompt la présidente.

— En effet, permettez-moi de vous la produire et d'en remettre copie à Monsieur le procureur. Je l'ai reçue hier soir par courrier postal.

Puis David se dirige vers moi, sort de son dossier une lettre originale émanant d'Oscar, où il témoigne avoir eu connaissance de ces faits.

La plaidoirie monte en puissance, le ton de sa voix aussi. À présent David pointe l'accusation de son doigt, vise ses faiblesses, déboulonne à grands effets de manche chaque élément de l'infraction. La présidente ne cesse de me regarder fixement au cours des débats. Après en avoir terminé, David revient s'asseoir à mes côtés pendant que le tribunal délibère. La sentence, soudain, nous fait bondir de nos sièges. Je vois mon père se lever, soulagé lui aussi. Ma relaxe a été prononcée au vu du nouvel élément fourni par David. On s'enlace. Je ne sais plus où donner de la tête. Je dois appeler maman de toute urgence. Oui, l'appeler d'abord pour rassurer Agathe. Et puis George aussi qui m'avait laissé un message. Dire au monde entier, que je suis innocent, pouvoir le lui hurler.

La présidente martèle de son maillet pour rétablir le silence et évoquer l'affaire suivante. D'autres protagonistes prennent place. Je pars libre. Dès que nous sortons, je demande à David comment il a pu se procurer le nom du psychanalyste.

— C'est Oscar qui m'a rappelé à mon cabinet. La veille j'étais tombé sur son copain... Comment s'appelle-t-il déjà... Gaétan, c'est ça, et je lui ai appris le suicide de Léa. Il m'a raccroché au nez sans que je puisse ajouter quoi que ce soit. Alors, j'ai laissé mes coordonnées sur leur répondeur. Je ne te cache pas qu'il m'a fallu du temps avant de trouver ce psy. Car Oscar à qui seul Léa s'était confiée, ne se souvenait plus du nom de ce médecin, mais seulement qu'il exerçait à Paris. En revanche là où j'ai fait fort, c'est en obtenant de sa part une attestation certifiant que sa cliente souffrait de troubles multiples de la personnalité pouvant engendrer une tendance suicidaire. Je me suis bien gardé de l'annoncer à la barre, j'ai préféré le produire avec le courrier d'Oscar. Avec cela, je savais que l'on décrocherait la timbale.

— Alors, Oscar savait...

— Tu lui dois une fière chandelle. Sans lui on était mal.

Je tire sur la manche de la robe de David. Je ne sais comment lui exprimer toute ma gratitude. David me dit en me tapotant l'épaule.

— Un merci suffit à couvrir les honoraires d'un ami...

Puis apercevant mon père resté à l'écart dans la salle des pas perdus, les mains dans les poches, il ajoute :

— ... C'est ton père qui attend là-bas, n'est-ce pas ?

— Oui. Dieu sait pourtant que j'avais davantage besoin de lui auparavant...

— C'est le moment de tout lui dire, Dan. Les retrouvailles servent à cela. Oublie ta rancœur. Tu seras libre dans ta vie que lorsque tu lui auras délivré tous tes secrets. Plus rien ne t'entrave, depuis la perte de ton don, tu le sais. Cela ne dépend plus que de toi maintenant.

Me voyant encore hésiter, il insiste.

— Ta surprise n'en sera que plus grande quand tu l'auras fait, tu verras...

— C'est ce que tu vois, David, dis-moi...

— Allez ! Va le rejoindre.

40

Nous sommes tous descendus dans le Sud au village de mon père. Agathe laisse exploser sa joie en plongeant dans la piscine.

Étendus sur un transat à l'ombre d'un palmier, mes parents se parlent, comme sans doute, ils ne l'ont jamais fait. Je les observe par la fenêtre qui surplombe le jardin, face à une vue splendide sur des montagnes aux sommets enneigés.

J'ose croire qu'une telle lumière pansera la profondeur de mes plaies. Avec le temps et de l'amour, j'espère enfin trouver la paix.

J'ai tout dit à mon père, tout, jusqu'au moindre détail. Les premiers mots furent durs à sortir, d'autant qu'il s'attendait à tout, sauf à m'écouter parler de Pépère. Après quoi, je n'ai pu m'arrêter, comme si je venais de percer un gisement aux réserves inépuisables. Plus la vérité jaillissait, plus je me sentais l'âme légère ! Le nom de François Le Gallu n'a suscité aucune réaction de sa part, l'histoire guère plus. De ce long monologue, mon père a seulement évoqué un rêve, qui chaque nuit le pourchassait chez son père. Lui aussi, lorsqu'il était petit fuyait un monstre, trainait dans sa panique ses mains devenues lourdes au centuple qui ralentissaient sa course. Dès que le monstre menaçait de l'attraper, il se réveillait en sursaut n'osant plus regarder ses mains.

Mon père n'a pas cru à mon histoire qu'il a sans doute attribuée à un stress post-traumatique. Pourtant, le germe de la vérité se trouvait déjà dans son rêve d'enfant.

Remerciements

Ce roman n'aurait jamais vu le jour sans la rencontre ni les encouragements de Katherine. Je tiens ici à remercier tous ceux qui m'ont aidé à surmonter mes doutes et motivé sans relâche. Alors, merci Kiki, Flora, Rosy, Gaby et Dalila.

Toute ma gratitude aussi à Wladimir pour m'avoir fait connaître ses amies et mon ami d'enfance. D'abord Yaya qui, par sa douceur, m'a donné confiance en moi et enfin Nathalie qui a fait de cette histoire une réalité. Le manuscrit a voyagé de mains en mains, tombant dans celles de Marc qui m'a prodigué de précieux conseils et gratifié de sa profonde amitié.

Mathilde et Julie, le livre est bien achevé ! Pascale, mon épouse, ma plus fervente critique et mon meilleur soutien, merci pour ta patience.